식물성 투쟁의지

식물성 투쟁의지

초판 1쇄 발행 • 2013년 9월 30일

지은이 • 조성웅
펴낸이 • 황규관
편집장 • 김영숙
편집부 • 노윤영 윤선미
총무부 • 김은경

펴낸곳 • 도서출판 삶창
출판등록 • 2010년 11월 30일 제2010-000168호
주소 • (121-838) 서울시 마포구 서교동 355-22 우암빌딩 4층
전화 • 02-848-3097 팩스 • 02-848-3094
홈페이지 • www.samchang.or.kr

ⓒ조성웅, 2013
ISBN 978-89-6655-030-2 03810

이 도서의 국립중앙도서관 출판시도서목록(CIP)은 서지정보유통지원시스템 홈페이지
(http://seoji.nl.go.kr)와 국가자료공동목록시스템(http://www.nl.go.kr/kolisnet)에
서 이용하실 수 있습니다.(CIP제어번호: CIP2013018108)

식물성 투쟁의지

조성웅 시집

삶창

시가 무엇을 할 수 있을까 회의하지 않는다.

살아왔고 투쟁해왔으며 사유했고 그 자체가 시가 됐다.

난 시와 혁명이 분리되지 않는 삶을 꿈꾼다.

동지를 사랑하는 것이 혁명이었던 사람, 이운남 열사.

투쟁하는 노동자의 철학과 관점을 대변하기 위해 싸웠던 사람, 윤주형 열사.

내 시의 비판적 지지자였던

이운남, 윤주형 열사의 영전에 이 시집을 바친다.

2013년 봄, 울산 현대자동차 철탑농성장에서

조성웅

차례

제1부

제2부

제
1
부

식물성 투쟁의지

—85크레인 고공농성 100일에 부쳐

박창수, 김주익, 곽재규 열사의 묘역에서
오래도록 울고 오래도록 망설이고 오래도록 숙고한 참
맑은 결단
김진숙 동지는 겨울과 봄의 경계에 서서
아직 인간의 발자국이 닿지 않는 새로운 계절로 도약
했다

"저는 오늘 100일 기념으로 상추와 치커리와 방울토마
토와 딸기를 심었습니다"

85크레인 아래에서 조용히 귀 기울인다
강철 위에
씨 뿌리고 뿌리내려 온갖 식물들이 자랄 수 있는 텃밭
을 가꾸었다니!
인간에 대한 예의와 존중, 정성을 다하면
세상의 모든 강철 같은 경계가 허물어져
부드러운 흙의 마음으로 다시 태어날 수 있다는 이 놀

라운 가능성!

인간을 향한 광합성 작용,
김진숙 동지의 식물성 투쟁의지는
사랑이 오를 수 있는 거대한 씨앗이다

온통 자연적인 것들로 가득 찬 우리 삶의 새로운 언어,
패배의 밑바닥에서 길어 올리는 웃음의 시간이다

높낮이도 앞뒤도 없다
토론과 결정 집행의 영속적인 자기결정운동이 있을 뿐
누구도 대신할 수 없는 혁명의 날이 온다

"즐겁게! 의연하게! 담대하게! 웃으면서 끝까지 함께!"

김진숙 동지의 텃밭은
이윤보다 풍요롭고 경쟁보다 무성한 비판의 뿌리를 키

우고 있었다

어린뿌리들이

스스로 손을 들어 발언하고 위계 없이 어깨 걸고 자라
고 있었다

난 강철조차 품는 어린뿌리의 힘을 믿는다

연대에는 이유가 없다

점심 먹고 있는데
울산과학대 교직원노조 구사대들이 들이닥쳤다
밥 먹을 때는 개도 안 건드린다고 하는데
이놈의 새끼들은 밥그릇을 걷어차고
신문지 밥상을 완전히 난장판으로 만들었다

우리 선이 동지 교직원노조 구사대들
구두 뒷굽에 발등이 짓이겨지고
고통보다 더 서럽게 악에 받쳐 싸우다가
입원 하루 만에 씩씩하게 농성장으로 돌아왔는데
울산연대노조 환갑 가까운 일명 '조 오빠야' 동지가
농성장을 방문했다

'우리 선이 싸우다가 다쳤는데 오늘 회 한 접시 사주꾸
마'
 울산과학대 지하농성장에 빙 둘러앉아 회에다 술 한잔
하다가

우리 선이 동지 고맙다고

내가 노조 하고 나서 조 오빠야 만나고

고맙다고 하다가

그만 북받쳤는데

울다가 웃다가

옆에 있던 순남 동지 그 모습을 지켜보며

눈이 뻘게졌는데

'형아 니도 울어뿌라 마'

순남 동지 선이 동지를 따라 웃다가 울다가

울다가 웃다가

벌써부터 가슴 붉게 물든 순자 지부장 동지도 그예 울음을 터뜨리고

연대해줘서 고맙고 고생시켜서 미안하고 또 그렇게 서럽다고

북받쳐 웃다가 울다가

눈물처럼 둥글고 짜고 따뜻한 그리고 독한

한 세계를 만들어낸다

눈물로 빚어진 우리 생애 가장 아름다운 한때,

연대에는 이유가 없다

흐른다는 건
— 효정재활병원 연대집회장에서

파인 곳을 자기 몸으로 이어주고

돌부리를 차고 오르고

바위를 휘감아 돌아

흐르는 시냇물을 보고 있노라면

효정재활병원 간병사들의 끊이지 않고 이어지는 풍성
한 대화가

울산과학대 미화원들의 구성진 가락이 들린다

이기겠다는 확신이라기보다는

포기하지 않고 흐르겠다는,

슬픔에서 길어 올린 몸으로 당겨주고

눈물의 경계에서 태어나 웃음으로 직조된 춤사위를 밀
어주며

함께 흐르겠다는

당당하고 자신감에 찬 모습이 보인다

흐르는 것들은 이끼가 슬지 않는 속도를 갖췄다

흐르는 것들은 직선처럼 위험하지 않고

둥글게 마주 앉은 부드러운 선들의 탄력을 갖췄다

탄압에 쉽게 부러지지 않는다

더 이상 쓰레기처럼 살지 않겠다는 물결이

파고를 이루고 이어가며

흐른다는 건 무엇과도 바꿀 수 없는 자기 결정의 시간
이다

흐른다는 건 수초처럼 무성한 대화의 시간이다

흐른다는 건 펑퍼짐한 몸짓들이 서로를 품고 이해하는
협력의 시간이다

잠시도 가만있지 않는다

흐르고 흐르는

그들의 웃는 모습을 보고 있으면

내가 새로 태어난 느낌이다

봄이 어떻게 발원되는지도 보인다

오늘의 봄빛은 내일처럼 예사롭지가 않다

그들은 꽃술에 내려앉은 저 여린 첫, 봄빛처럼 웃었다

꽃비

―현대자동차비정규직지회 임유선 동지에게

사르르 과연 봄바람 분다
후두둑 후둑…… 속절없이 꽃비가 내린다

아파하지 마라
꽃잎 바로 뒤편이 갑자기 어둑어둑해져도
낙화가 우리의 계획은 아니었다

후둑 후두둑…… 꽃비 속을 걸어가는 그대
낙화의 항로를 닮았지만
아직까지 그대 몸 곳곳이 질문이다

아파하지 마라
뭐할 거냐고 용기 내 묻지 않았지만
우리의 심장은 계절을 가로질러 여전히 따뜻하다

하청노동자도 인간답게 살고 싶다는 슬로건 속에서
우리 자랑스럽지 않았는가

라인을 세우는 저 거대한 반란의 몸짓 속에서
우리 행복하지 않았는가
그대 잠을 줄여 만나고 대화하고 전생을 걸어 조직했던
바람의 노래들
높은 음계를 갖는 꽃의 시간이었다

열매 맺지 못했다고 해서 그것이 전부 오류는 아니다
우리는 열매를 꿈꾼 것이 아니라
삶의 단조에서 장조까지 흐르는 선율을 사랑했다

그대 몸 곳곳이 아직까지
삶의 아름다운 선과 선을 이어가는 율동이다

표정 하나 없이 라인 타러 가는 현장 조합원들의 여윈
어깨에서
여기 단결의 새로운 높은음자리표까지
그대 율동이 일으키는 바람의 노래가 분다

아파하지 마라

우리의 따뜻한 심장은 스스로가 아니라면 누구도 훼손
할 수 없다

김이 모락모락 나는 쌀밥 같은 동지들

하이닉스 직권조인 합의서 폐기를 위한 항의농성은
"돈이냐 깃발이냐",
노동조합 관료제에 대한 작지만 근본적인 질문이다.

토요일 오후
이제 노동운동도 주말에는 집회조차 잘 조직되지 않고
뭘 해도 되는 일 없는 날들입니다
금속노조 상근간부들이 모두 퇴근하고 텅 빈
하이닉스 직권조인 합의서 폐기를 위한 금속노조 항의
농성장
"더 이상 기만하지 마라 배신하지 마라"
이 외침 하나가, 이 작고 초라한 자리가
당장 거대한 물결을 이루리라 과신하지 않습니다

비록 희망에 지쳤으나 젖 먹던 힘을 다해 항의하고 저
항하는 것
난 눈물 뒤의 독기 오른 눈빛들을 사랑했습니다

"우리도 위로금 몇 푼으로 원직복직 포기하고
민주노조 깃발을 내리란 말이냐"
하이텍알씨디코리아지회 김혜진 동지와 정은주 동지
가 지지방문을 왔습니다

타는 심장 타는 분노
속속들이 빼닮은 우리는
김이 모락모락 나는 쌀밥 같은 동지입니다

저물녘 쪽으로 가고 싶었습니다
빛의 먼 곳까지 갔던 시간들이
저녁 밥상 같은 풍성한 대화를 품고 오는 풍경을 보고
싶었습니다
하이텍 동지들과 함께 걷습니다
서로 다른 보폭들이 함께 어우러져 가는
선유도행입니다

우리 비록 강철은 아니어도 동지가 있어 다 괜찮습니다
우울증을 수반한 만성적응장애*의 나날들
타협했다면 얻지 못할 생애 가장 치열했던 투쟁의 기록
입니다

저물녘은 치유의 힘이 있습니다
자줏빛 저녁노을처럼
조용히
우리 생이 붉어지고 있습니다
지더라도 무릎 꿇지 않을 겁니다

우리는 노동조합 관료제에 적응하지 못하는 만성적응
장애 환자들입니다
우리는 자본주의에 적응하지 못하는 만성적응장애 환
자들입니다
그래요 우리 비록 강철은 아니어도 동지가 있어 다 괜

찮습니다

　김이 모락모락 나는 쌀밥 같은 동지들이 봉기입니다

　김이 모락모락 나는 쌀밥 같은 동지들이 혁명입니다

*하이텍알씨디코리아지회 간부와 열세 명의 조합원들은 하이텍 자본의 노조 탄압으로 인해 2005년 '우울증을 수반한 만성적응장애' 진단을 받았다.

동지가 오늘을 견디는 사상입니다
—금속노조 부산정관지회 조합원 배순덕 동지에게

노동자의 아내로 살기보다
투쟁하는 노동자로 살고 싶어
자랑스런 금속노동자가 되고 싶어
아이들 키워놓고 10여 년 만에 첫공장에 출근한 첫날

침침한 불빛과 모재에서 튀어 오르는 용접 불꽃,
겁도 나고 다리도 후들거렸지만
노동자의 깡다구로 이 악물고 일을 시작했던 동지
용접 불똥이 팔뚝에 튀어 꺼멓게 타들어 가도
기계 기름 쓱쓱 문질러 바르고 일을 했던 동지
빠레트 모서리에 손등이 찢어져 피가 흘러나와도
일회용 밴드 하나 없어
휴지로 손등을 덮고 포장테이프로 찡찡 감아 일을 해야
했던 동지
퇴근해서 제 돈 들여
찢어진 손등을 꿰매고 화상 입은 팔뚝까지 치료해야 했
던 동지

서럽고 마음 아프고 눈물 펑펑 쏟아져도

두고 보자!

독한 마음으로 금속노동자의 자존심과 푸른 깃발을 자랑스러워했던 동지

우리 생애 처음으로 자랑스러웠던 날들은 가고

이제 현장에서 몇 년 일하다 정파 라인 타고 연맹 가고

그래서 민주노동당 공천받아 부르주아 정치꾼으로 출마하는 부패와 타락의 시대

민주노조운동이 부르주아 정치에 입문하는 코스가 되어버린 반혁명의 시대

교섭 전문가는 늘어나고 현장은 쑥대밭이 되어가는데

중대 재해를 당해 죽다 살아난 남편 곁에서

동지는 제게 말했습니다

"앞으로 10년간 더 힘들고 어렵게, 치열하게 살아라"

다가오는 투쟁과 혁명의 시간
내가 어디에 위치하고 있어야 하는지
어떻게 살고 사랑하고 싸우다 죽어야 하는지

노동자의 아내로 살기보다
투쟁하는 노동자로 살고 싶어 하는 동지가
오늘을 견디는 제 사상입니다

농성장의 첫날밤

울산지역연대노조 울산과학대지부 미화원들이
첫날밤을 맞았다

현대중공업 정규직 남편을 둔 순남 동지는
쪽 찐 머리 모양이라서
머리도 올렸는데
술 한잔하라고
선이 동지가 농을 건다
긴장을 풀어주는 유머가
속 깊은 배려라는 걸 왜 모르겠는가

태어나서 처음 맞은 농성장의 첫날밤
초봄의 여린 햇살을 휘감아 도는 미풍처럼
노조 하고 나서 처음으로 인간임을 알았다
이 싸움이 없었다면
내 인생은 언제나 쓰레기였을 거다
노동자의 눈으로 세상을 다시 보게 해준

우리 투쟁의 신혼, 포기하고 싶지 않다

그래 이판사판 한번 붙어보는 거다

죽기 아니면 까무러치기로 한번 붙어보는 거다

오십 평생 살아오면서 이렇게 행복한 시간이 있었던가

투쟁하는 삶 속에 정박해 있는 우리들의 코뮌

여기서부터 언제나 우리 삶의 새로운 연대기가 출항한다

청국장 투쟁

울산과학대 본관 지하농성장에서 청국장을 끓인다
부채질을 해 본관 로비로 냄새를 올려 보낸다
지성의 전당, 울산과학대 본관 로비에 청국장 냄새가
진동한다
뒤가 구린 놈들
학장을 비롯한 교직원 놈들 죽을 맛이다

청국장을 끓이면서 우리는 즐겁다
엉덩이도 들썩들썩, 어깨춤도 흥거워라
뚜껑을 열고 부채질을 하면서 우리는 즐겁다
과학대가 직접 고용하라
성폭력 책임자를 처벌하라
우리의 요구를 청국장 맛으로 우려낸다

"잔치 잔치 열렸네"
김이 모락모락 나는 청국장 하나로도 아침 밥상이 푸짐
하다

두부 하나 건져 넣고 청국장으로 비빈 밥에
신김치 적당히 얹어 먹으면
그 맛이 기가 막히다
동지들의 얼굴에 걷잡을 수 없는 생기가 돈다
生生한 모습이 거뜬하다
구사대 놈들 올 테면 와봐라
미화원들은 이것을 청국장 투쟁이라고 부른다

연사는 지 알아서 지끼고
이곳저곳 술판인 밋밋한 민주노총 총파업 집회
지침이 없으면 연대도 없단 말이냐
기만은 가라! 체념은 가라!

그 뛰어난 맛과 투쟁 신명의 공동체,
청국장 투쟁에 함께하고픈 동지들은 지금
세상의 모든 울산과학대 농성장으로 오라!

연둣빛 새잎 깃발

—2006년 4월 26일 삼성SDI 규탄 울산노동자 결의대회에서

연둣빛 새잎에 어울리는 건 바람뿐만이 아니다
한없이 이쁘기만 한 나이에
거리로 내쫓긴 삼성SDI 젊은 비정규직 여성노동자들이
풋풋한 봄빛처럼 연둣빛 새잎과 나란히 섰다
참 다정한 이웃들이다

금속노조 투쟁조끼 위로 긴 생머리를 늘어뜨리고
모자를 쓰고 그 위에 머리띠를 둘렀다
마스크와 목장갑을 끼고 피켓을 들었다
"우리는 일하고 싶다
구조조정 분쇄하고 가자! 현장으로"
바람에 자신의 전생을 싣는
저 수백 수천 연둣빛 새잎의 참 다부진 몸짓들
봄빛에 빛났다

출퇴근길로만 유용했던 거리에서
연둣빛 새잎은 어느새 주목받는 생이 되고 있다

잘나고 강해서가 아니라

삼성 자본의 폭력과 미행 감시

가족까지 찾아가 회유하고 협박하는 탄압 속에서도

잠시 마스크를 내리고 흰 이를 드러내며

동지를 향해 웃는 저 모습이

"오늘은 투쟁 내일은 해방"

우리 동지 힘들다고 피켓으로 바람을 부처주는 저 몸짓
이 이 세상 밖의 것이기 때문이다

거리와 전투에서

잠시 마스크를 내리고 동지를 향해 함께 웃는

저 생의 만개,

연둣빛 새잎 깃발!

유통을 통제하라

—이랜드 · 뉴코아 투쟁 승리를 위하여

1. 착한 자본가는 없다

이랜드 회장 박성수가 다니는 사랑의 교회에는 사랑이
없었다
이랜드 임원이 다니는 평화의 교회에는 평화가 없었다

"성경에는 노동조합이 없다 노동조합은 사탄이다"

사랑과 평화는 언제나 내전 지대였다
내전 지대에서 영혼의 잡초처럼 자라난 종교는 공포의
산물
언제나 자본가들의 무기였다
박성수는 단순히 나쁜 놈이 아니라
대단히 전투적이고 계급적인 놈이다
자본가 '계급' 이다

2. 모든 결의는 자기 발언으로부터 나온다

모든 결의는 자기 발언으로부터 나온다
"힘들게 들어왔는데 박성수가 무릎 꿇을 때까지 투쟁
하자"
박성수의 탄압이 분명한 만큼
우리의 전망도 명쾌하다
지도부조차 망설였던 무기한 점거파업
계산대를 점거하자 유통이 중단됐다

이제 다리 퉁퉁 붓도록 일하지 않아도 되고
관리자들 눈치 볼 필요도 없다
저항은 선택이 아니라 가장 아름다운 삶의 방식이었다
이제 태양은 투쟁의 심장에서 떠오를 것이다

3. 투쟁하는 엄마들

우는 아이 함께 있어주지 못해 마음 아프고
아이들과 밥 먹으면서 이야기할 시간도 없는 것이 제일
속상하고
저녁 집회 끝나고 집에 들어가면 11시
빨래하고 청소하고 새벽에 일어나 밥 해놓고
파업에 참가하는 이랜드 · 뉴코아 여성노동자들
콩으로 수놓은 "단결 투쟁 승리" 도시락을
마음에 싸 와
동지들 곁에 서는 이랜드 · 뉴코아 여성노동자들

무장한 공권력의 파업농성장 침탈 앞에서도
조금도 물러서지 않고 몸과 몸을 이어 맨몸의 바리케이
드를 친다
마치 운명처럼 마주 잡은 맨손들은
좀처럼 폭력에 타협할 생각이 없다

심장에 눈물처럼 맺힌 동지들이 포기할 수 없는 서로의
꿈이었다
; 이토록 고맙고 벅차오르고 죽어도 여한이 없는 우정
이 또 있을까
서로를 꿈꾸면서 우리는 사랑이었고
서로를 꿈꾸면서 우리는 평화였다
자본주의가 뿌리째 흔들렸다

4. 우리가 유통을 통제할 것이다

계산대를 장악하자 유통이 중단됐다
누가 주인인가?
박성수인가? 투쟁으로 하나 된 이랜드 · 뉴코아 조합원
들인가?
우리의 생존을 보장할 능력이 없다면
우리의 요구는 단호하고 명쾌하다

너희가 가진 모든 것을 다 내놔라

우리는 거침없이 밀어붙여 끝장을 볼 것이다

우리가 유통을 통제할 것이다

인간의 존엄함이 가닿은 시간
— 전국학습지노조 재능지부 유명자 동지를 생각하며

해고되고 손배가압류 차압 딱지에
세간살이 다 들어낸 깨끗한 빈집 같은 날들이었다
귀를 씻고 또 씻어도 비수처럼 맺혔던 눈물 같은 날들
이었다

더욱 힘들고 고통스러웠던 건 날씨 탓도 거리의 낯설음
도 아니었다
타협하지 않았기 때문에 민주노총 의결 단위로부터 배
제됐고
투쟁했기 때문에 더욱 고립됐다는 것이다

눈물의 무수한 연뿌리로 세워진 재능지부 시청 노숙농
성장에서
난 참 무례하게도 이 답 없는 싸움의 동력은 뭐냐고 물
은 적 있다
유명자 동지는 "왜 답이 없냐? 방법을 찾기 위해 싸운
다"고 말했다

난 너무 쉽게 답 없는 계절에 대해 이야기하고 나쁜 기후변화를 예측했다

특권 없는 현대중공업사내하청지회 대표자로 살아온 지도 벌써 8년,

반복되고 익숙해지는 것은 위험하다고 생각했다

기억하라!

우리는 따뜻한 웃음을 꿈꾸었기에 이 세계로부터 추방된 자들이며

바람의 대지를 따라 웃음의 군락을 이루는 이 시대 난민들이다

폭포처럼 정직한 맨몸은 바람의 기원을 닮았다

스스로 움직이고 흐르고 흐름의 속도를 강하게 하고 있었다

대의제도에 의탁하거나 타협하지 않았다

뿌리까지 내려가 방법을 찾을 것이다

초대받은 곳이 폭설이라면 기꺼이 폭설이 되어 내릴 것
이고
때로 비바람의 안내를 받아 흐르기도 하다가
완전하지는 않지만 이미 충분한
투쟁하는 동지들의 웃음에 도달할 것이다

재능투쟁 1934일은 불가능하다고 강요됐던 것들에 대
한 과감한 도전,
인간의 존엄함이 가닿은 시간이었다
부재했던 삶이 투명한 인간의 몸으로 솟구쳐 올랐던 존
재의 시간이었다

괜찮다 다 괜찮다

— 김진숙 동지와 이소선 어머니의 만남을 생각함

솥발산을 떠난 이소선 어머니를 기다리며
김진숙 동지는 고공 산책을 하고 있습니다
그녀의 발걸음은 지는 날빛을 따라 뉘엿뉘엿합니다
낮과 밤의 경계,
경계에 서는 건 결코 두려운 일이 아닙니다

김진숙 동지는 세상의 눈물에 대해 유별나게 민감한 귀
를 가졌나 봅니다
언제나 조합원들과 함께 있고 함께 울고 함께 아파하고
함께 느끼는 저 야윈 몸,
찬물 같은 청청한 영혼입니다
아픈 곳곳 다 품고도 이미 충분합니다
차오르고 넘치고 번집니다

번지는 것에는 칼날 같은 경계가 아예 없습니다
스며들어 하나 되는 시간만이 존재할 뿐입니다
김진숙 동지는 투쟁의 절정에서, 이소선 어머니는 시대

의 중심에서

　서로를 향해 번지고 스며듭니다

　85크레인은 지난 244일 동안 차츰 삶 쪽으로 기울었습니다

　방울토마토가 붉게 익었고 초록의 치커리가 세상을 향해 잎을 펼쳤습니다

　하나같이 부드러운 곡선을 몸에 지녔습니다

　저 부드러운 곡선을 따라 이소선 어머니가 85크레인 앞으로 오셨습니다

　이소선 어머니, 생의 마지막 투쟁은 저 야위고 여린 몸을 꼬옥 안아주는 겁니다

　괜찮다 다 괜찮다 토닥여주는 것입니다

　따뜻한 눈물로 지어진 이 포옹은 모서리 하나 없는 둥그런 원입니다

　다 품었으나 관대한 것도, 결코 비판을 거두어들인 것

도 아닙니다

"단결하라, 정규직과 비정규직이 하나 되어 싸워야 한
다"

이소선 어머니의 마지막 숨결입니다

85크레인은 녹슬어가도

김진숙 동지는 방울토마토와 치커리와 함께 푸르러 갑
니다

이소선 어머니는 괜찮다 다 괜찮다 토닥여줍니다

따뜻한 눈물로 지어진 이 포옹은 자기 힘의 한계를 갖
지 않습니다

244일 동안의 고단한 노동은

마침내 깔깔깔깔 싹이 돋는 놀이가 되고

부드러운 흙을 움켜쥐는 집단적인 율동이 되며

탱탱하고 동글동글한 몸과 몸의 신명으로 펼쳐진

공동체의 노래로 태어났습니다

녹슬어가는 강철시대마저 너끈하게 품었습니다

제
2
부

저음의 저녁

저음의 저녁이 오고 있었다

야트막한 빛과 어둠의 경계에서 오래도록 걸었다

저무는 곳이 온통 평평하다

마당처럼 겸손해져라

저렇게 아담하게 맞이할 준비를 하는 거다

기다리는 것은 항상 뒤늦게 온다

새잎 났네

새잎 났네
아주 단아하게

어제도 없었고 방금 전에도 없었던
새잎 났네

별 볼 일 없고 새로울 것도 없는 세상에

혁명처럼

지금 이곳에
새잎 났네

어린 짐승의 착하고 슬픈 눈빛 같은 날

어린 짐승의 착하고 슬픈 눈빛 같은 날에
열정과 남루 사이에서 지독하게 앓았다
지독하게 앓고 나서야
내 몸이
한 시기와 단절하고 있다는 걸 느낄 수 있었다
지도는 없었다

어린 짐승의 착하고 슬픈 눈빛 같은 날에
어린 짐승의 착하고 슬픈 눈빛 같은 날에

이미 낡은 자만이 살아남았다

지독하게 앓은 몸은 온통 질문이 되고
길은 자신을 이루는 아픔으로부터 멀지 않았다

첫걸음이 정상에 오른다고 생각했으나
난 사람의 마당을 천천히 걸으면서

다시 평등에 대해 물었다

어린 짐승의 착하고 슬픈 눈빛 같은 날이었다

오래도록 정성을 들이면 만져지는 것이 있다

내 삼십대의 마지막 날에 아내와 아들 문성이
그리고 수희와 수희 아들 준호와 함께
동지들을 위해 만두를 빚었다

마음이 가는 일은 손이 많이 가는 일이다
오래도록 정성을 들이면 만져지는 것이 있다
일수 형을, 기혁이를 그렇게 속절없이 보내고도
그 분노의 내면을 닮은 둥글고 촉촉한 것들
힘들었다고, 마침내 사랑이었다고 고백해야 하는 것들

나는 밀가루 반죽을 하면서
오직 힘만이 아니라 관계를 찰지게 하는 것들에 대해
생각했다
수희는 만두피를 소주병으로 얇게 펴면서
구김살 없이 밝게 펴진 준호의 웃음처럼
홈에버투쟁으로 감옥에 있는 준호 아빠를 생각했을 것
이다

아내는 아들 문성이가 엉성하게 만두를 빚는 모습에
삶의 뿌리까지 즐거운 표정이다
어쩌면 아무것도 이룬 것 없는 내 삼십대
가장 아름다운 날을 지나고 있는지도 모른다

마음이 가는 일은 손이 많이 가는 일이다
난 만두를 한입 가득 넣고 맛있게 먹는 동지들의 모습
이 보고 싶었다
그 희망의 따뜻한 속살을 오래도록 만지고 싶었다

오래도록 정성을 들이면 만져지는 것이 있다

우리는 강물처럼 친숙해지리라

인간적인 빛의 기슭으로 놀러 가리라
그곳엔 휴식과 여유의 풀밭이 무성할 것이고
소금꽃 향기가 풀밭의 주소지가 되기도 할 것이다

바람이 깃들 수 없는 곳엔 생명도 자라지 않는다

인간에 대한 예의로 투쟁조끼는 푸르게 빛나고
아무도 상처 받거나 다치지 않는 저물녘에서
모두가 즐거울 것이다

인간적인 빛의 기슭에서
우리는 강물처럼 친숙해지리라

가을 답사

문득, 가을볕 참 곱다

아내는 여인의 향기를 보며 눈물 콧물 한 보따리 쏟아
놓는 중이고
아들 문성이는 추석 효도 숙제한다고 내게 안마를 해
준다

사랑하는 이여
그대가 내 곁에 있어 참 곱다

난 저 가을볕이
자기 삶을 시작한 곳까지
사부작사부작
답사해보고 싶다

사십대의 첫 주에

사십대의 첫 주에
난 투쟁하는 동지들이 보고 싶었다
그들이 있는 곳으로 밀항하고 싶었다

GM 부평공장 앞에서 고공농성을 하고 있는
박현상 동지에게 전화를 했다
하늘로 오르면서 그가 가졌던 독기를 생각하면 이루지
못할 것이 없다
자세히 보면 지상 35미터 저 고공농성장은
높이가 아니라
인간답게 살고자 하는 의지의 수평적 깊이
이미 자본주의 밖이다

기아비정규직지회 동지들을 만나러 기아 화성공장에
들어갔다
수배 중인 조직국장 김지현 동지는
삭발한 머리 다듬지 않아 완전히 선머슴이 되어 있었다

난 오랜만에 본 풋풋한 사랑 이야기,
영화 〈원스〉를 추천해주었다
가장 힘들고 어려운 때일수록
김지현 동지의 선머슴 같은 웃음이
그래도 희망의 내면이다
구속 영장에 묶이지 않는 자본주의 밖이다

지금 거리에서
천막 하나로 온통 마을을 이루는 사람들은
낡은 총파업보다 더 전투적으로 이 세계를 점거하고
있다
자본주의와 타협하지도, 적을 닮아가지도 않았다
봄빛을 닮은 동지들 몸짓 하나하나가 전망을 찾는 가교
였다

지금 당장 일어나지 않고서는 못 배기는 것

여리게
    여리게
        한 잎
           두 잎
             봄바람 분다

지금 저 새순은
무슨 일이 잔뜩 일어날 것 같은 예감 속에 있다
과연 꽃피울 수 있을까 묻지 않는다
그냥 밀어 올리는 거다
새순은

내가 그리워하는 것은
지금 당장 무슨 일이 일어나지 않고서는 못 배기는 것
들이다
임박한 파국처럼 걷잡을 수 없는 것들
지금부터 이 세상이 아닌 것들이다

가장 어려울 때는 잔가지에서 흔들리지 말고 뿌리로 돌아가야 한다
예감은 뿌리로부터 자란다

여리게
　　여리게
　　　　한 잎
　　　　　　두 잎
　　　　　　　　봄바람 분다

한 아름 삶이 투명해질 때

— 삶을 노래하는 시인, 우창수 동지

부산 해운대 문화회관, 우창수 동지의 첫 콘서트

조수원 열사 추모곡인 〈아들에게〉를 들으면서 난 벅차

올랐다

마음이여 서리 맞았구나

수평으로 흐르지 못하고 가팔랐구나

열사들을 내 곁에서 떠나보내고

발 동동 구르면서 어떻게든 싸워보려고 했던 시간

절망도 지나친 열정도

내겐 너무 큰 상처였다

그 화염을

우예 다 견뎠을꼬

작고 외롭고 고립된 투쟁사업장이 자신의 공연 무대인

삶을 노래하는 시인, 우창수 동지

저이도 저렇게 견디고 있었구나
울고 또 울고 그리운 것들을 오래도록 품어
한 아름 삶이 투명해질 때
저이는 마침내 노래가 되었구나

상처는 아무는 것이 아니라
노래처럼 숨이 트이고 견딜만해 지는 것이다

조수원 열사 추모곡인 〈아들에게〉를 듣고 있으면
상처가 지독하게 살아낸 삶이라는 걸 알게 된다
무기력한 일상을 폭포처럼 뒤엎어버리며 오는
인간답다는 것, 행복하다는 것
그의 노래엔 벅차오르는 삶이 있다

인간에 대한 친절한 배려

―박현정 동지를 그리워하며

억지로라도 등에 업고 병원에 갈 걸 그랬습니다
병원 좀 가라 해도 그렇게 속 썩이더니
그대 남모르게 혼자 울고 우리 모두를 향해 밝게 웃고
있네요

그대 남기고 간 자리에서 오래도록 아프겠습니다
다 울고 난 뒤에
그대 밝고 따뜻한 웃음이
인간의 존엄함에 대한 포기할 수 없는 정성임을 알겠습
니다

술병처럼 그대 둥근 몸은
모든 것들을 불러 모으고 다 받아냈습니다
"괜찮아 이제 곧 좋아질 거야"
슬픔으로 기운 동지들의 야윈 어깨조차
넉넉하게 품었습니다

인간에 대한 친절한 배려, 박현정 동지
그대의 밝고 따뜻한 웃음은
좌우를 훌쩍 뛰어 넘어 새로운 지평으로 열린 대지였습
니다

가장 먼저 조용히 손을 뻗었습니다
동지들 삶의 아픈 곳 구석구석
어느 것 하나 놓치지 않았습니다
아프도록 둥근 몸으로 그대, 인간의 봄이었습니다
다시 사람들을 불러 모으고 대화의 싹을 틔웠습니다
봄 산, 봄 들처럼 모든 것을 품어 꽃피게 했습니다

유례없는 한파 지나고 내 곁에 미리 온 봄볕이 따뜻합
니다
인간에 대한 친절한 배려, 박현정 동지로 살겠습니다

토닥토닥

가을이 오면 특히 소리에 더욱 민감해진다
최선을 다해 푸르렀을 뿐
몸의 생기 붉은 단풍처럼 말라가더라도
바삭바삭 몸 뒤척이는 것들

행복했느냐?

이 가을
바삭바삭 몸 뒤척이는 것들에게
난 가을볕처럼
토닥토닥

아름다움은 자신이 깃드는 장소가 있다

아버지가 뇌출혈로 쓰러져서 병원에 입원했을 때
너는 가장 먼저 아버지 곁에 있었고
막내 며느리 될 애인을 아버지에게 소개했지
아버지에게 그것처럼 특별한 치료약이 있었겠니

니 형이 노동운동 한다고 공장지대에서, 혹은 투쟁의
거리에 있을 때도
너는 고목 같은 어머니의 손을 잡아줬고
아버지의 고단한 허리를 대신했다
너는 우리 집안의 장남이었다

아버지 빚까지 떠안아 오랫동안 신용불량자였지만
넌 신기하게도 외롭고 쓸쓸한 신림동 옥탑방에서도 절
망하지 않았고
살아보고 싶은 날들을 향해 오히려 담담한 웃음을 지어
보였지
장남 역할 못하는 형을 한 번도 욕하지 않고 오히려 안

부를 물어주었지

아름다움은 자신이 깃드는 장소가 있는 법이야
오늘 단풍이 더욱 붉은 이유는 네가 성실하게 살아왔던
날의 내력일 거야
이곳에 어여쁜 색시 초대하니 어찌 단풍이 곱지 않겠니

평등하게 살아야 한다
밥상을 받으려고 하기 전에
함께 일 나가는 아내를 위해 서툴지만 네가 밥상을 차
려라
네 짠 입맛에 간을 맞추기보단
아내를 위해 조금은 더 싱겁게 간을 맞추고
숟가락과 젓가락도 나란히 마주보게 수평으로 놓아라
집안 살림살이 하나하나에 네 손때가 묻어야 한다
평등하게 사는 것이 행복하게 사는 방법이다

내 삶을 이루는 많은 것들이

너의 속 깊은 배려라는 걸 왜 모르겠니

성신아! 너는 지난 세월 나의 자랑이었고 고마움이었다

네 삶에 깃든 단풍처럼 곱고 행복하게 살아라

아름다움은 자신이 깃드는 장소가 있다

그리움의 내부

— 외숙모의 유년을 받아 적다

마을 오른쪽으로

왁자지껄 온통 해는 지는데

땔나무 하러 산에 가신 울 아빠

발 동동…… 휴암리쯤 오실까

발 동동…… 산중 마을쯤 오실까

모둠발부터 저녁 어스름에 젖는데

논밭 사이

달래, 쑥…… 봄나물의 향기를 따라

땔나무 하러 산에 가신 울 아빠

뉘엿뉘엿 돌아오시네

내게 줄 생의 선물이 오직 봄 산, 봄 풍경

그 잎잎의 색채와 향기라는 듯

지게 위에 진달래꽃 한 아름 꽂고서

뉘엿뉘엿 돌아오시네

영수야!
밥 짓는 저녁연기를 타고 사립문 넘어오는
울 아빠 목소리
뚝배기에 팔팔 끓고 있는 달래 된장찌개를 닮았네

폴짝폴짝…… 울 아빠 너른 품
받아 든 진달래 꽃망울
사립문 촉촉한 그늘에 꽂아두면
신기하게도 꽃이 피네

그리움의 사립문 촉촉한 그늘에 울 아빠 생각 꽂아두면
신기하게도 진달래꽃처럼 새록새록 아빠가 피네

울 아빠 너른 품 같은 저녁놀
촉촉촉…… 내 가슴에 번지네
그리움의 내부가 더욱 붉어지네

모든 방향으로 손을 뻗어봐

자기 몸에 무엇인가 일어날 것 같은 기운으로 가려울 때가 있어

오늘 아침

베란다 한편의 행복나무는

뭐 해!

망설이지 말고 저질러버리는 거야

모든 방향으로 손을 뻗어봐

무엇보다 행복이 먼저야

경계에서 그대, 곱게 물들어라

그대, 경계에서 만나자

경계는 이쪽과 저쪽의 다름을 구분하는 직선이 아니라
서로를 품는 면의 최초 대지!

저무는 것은
빛과 어둠이 서로를 향해 물들어가는 혼종의 무렵
다양한 색채가 마당처럼 어우러져 색조 고운 춤에 가까
워진 시간

그래
그대에게 저무는 거야

곧 색조 고운 춤의 영속적인 이행이 시작되리니

경계에서 그대, 곱게 물들어라

쌍용차 희망텐트촌

쌍용차 희망텐트촌에 첫눈이 내린다

저 첫눈은 이 세상 밖
죽음의 첫 번째 자리로부터 왔을 것이다

하필이면 이 내전의 땅에 와서

아주 작정한 듯

평등하게 내린다

소복소복
소복
소복
쌓인다

이기는 것만이 중요한 건 아니다

더욱 설박한 건
자본주의와 타협하지 않는 삶을 사는 거다
그렇게 떼 지어 일어서는 인간의 마음빛을 켜는 일이다

난 첫눈 위에 찍힌 저 첫 번째 발자국이
죽음마저 품는 거친 사내들의 뜨거운 눈물임을 안다

이제 저 발자국을 따라
급진적이고 더욱 근본적인 치유의 시간이 오리니
세상의 뿌리까지 달라질 것이다

제
3
부

비상

금강 하구에 해가 지고 있습니다

직선의 경계들이 허물어지고 둥근 선에 매료된 저녁입니다

저녁노을이 삶 쪽으로 살짝 기울어져 있고

가창오리 떼도 저녁노을과 잘 어울리고 있습니다

코스모스 향기를 따라 단풍 들어오는 여린 가을빛의 색감이 참 따뜻합니다

삶의 아픈 곳 구석구석까지 가을빛의 색감을 닮았으면 좋겠습니다

치유는 따뜻한 공감이기 때문입니다

마침내 비상은 장독대처럼 상처를 오래도록 품어 빚어낸 웃음의 광장일 겁니다

저녁노을 빛의 예감 좋은 곳을 택해 가창오리 떼가 일제히 비상합니다

수평과 수직을 가로질러 하나의 원을 그리는 가창오리

떼의 군무

　우리 생에 찾아온 봉기입니다
　새로운 삶을 위한 거대한 토론회입니다

　개인에서 집단적인 몸으로 비상하면서
　우리는 정서적 색감이 풍부한 거대한 협력을 만들어냈
습니다
　단 한 건의 소통 장애도 발생하지 않은 이 거대한 협력
은 마디 하나 없는 유려한 춤이 되고
　이곳에서 우애와 연대로 충만한 음계가 태어났습니다
　하나같이 독특하고 매력적인 개성입니다
　집단적인 몸의 노래, 우리들의 코뮌입니다

　자줏빛 저녁노을도
　가장 아름다운 음계로 날고 있는
　가창오리 떼의 둥그런 몸짓에 매료된 저녁입니다
　변화가 시작되는 맨 처음입니다

그리운 것들을 오래도록 품으면 빛나는 전망이 된다

용산 철거민 희생자 추모 6차 범국민대회
가두투쟁이 한창 진행되고 있었다
민주노총은 본 대오를 명동성당 쪽으로 빼고 있었고
소수의 대오만이 대치 국면을 이어가고 있었다
그 맨 앞줄에 사회주의노동자연합 운영위원장인 육십대의 노혁명가 오세철 동지가 보이고
그 옆에는 편집위원장인 오십대 양효식 동지가 보였다
; 우리 운동은 너무 늙은 것 아니냐?
난 구력 있는 혁명가들에 대한 존경보다는 너무 늙은 우리 운동의 '세대'가 더 걱정되고 위험해 보였다

내 이십대의 젊은 노트에는 "변절하지 말고 사십대까지 살아남아 새로운 전통이 되자"고 기록되어 있다
1990년대 중반, 내가 속한 비합 사회주의 서클은 정말 젊고 새파랬다 지도부가 갓 서른이었다
그 무렵 비합 민중주의자에서 합법 의회주의자로 옷을 갈아입은 자들은 많았으나 사십대의 혁명적 사회주의자

를 본 적은 없었다

　2000년 겨울, 사십대의 양효식 동지를 처음 만났다. 견
해 차이로 많이 싸우기도 했지만 난 그날의 설렘을 아직
도 기억하고 있다

　나의 세대는 현대중공업 해고자 조돈희 동지처럼 대중
파업의 정점에 서보지도 못하고
　'하층민', 비정규직노동자의 외롭고 고립된 절규로 한
시기를 다 채워야 했다
　어쩌면 불행한 세대인지 모르나
　내 경험의 대부분이 밑바닥이었기 때문에 더 이상 빠져
들 절망도 없다

　빨리 늙고 싶었다
　사십대는 전통의 어떤 경계처럼 느껴졌다
　어느새 사십대가 된 지금, 난 더 절박하게 싸우고 싶고
더 잘 싸우고 싶다

나이 들수록 더욱 무모해지는 것은 인간답게 살고 싶다
는 것이다

난 나의 노트에 그리운 모든 것들을 끌어당겨 여전히
고전적인 방식으로 기록해둔다

'혁명에 뒤처지지 않고 거리에서 싸우다 죽으면 족하
고 행복하다'

투쟁은 언제나 세상의 첫 번째 질문이었고
혁명은 모든 것을 새롭게 했다

용산 철거민 희생자 추모 6차 범국민대회
가두투쟁의 맨 앞자리에
젊은 혁명가 오세철 동지가 단아한 모습으로 서 있다
난 혁명가의 모습이 저렇게 단아할 수 있다는 게 참 다
행이라 생각했다

비판에 어울리는 모습을 한 그에게
난 〈인터내셔널가(歌)〉를 불러주고 싶었다

지금 거리엔 새잎이, 새로운 감성이 자라고

난 좀 어색하긴 하지만 이들과 잘 어울리고 있다

거리에서, 그 즐거운 토론 속에서

그리운 것들을 오래도록 품으면 빛나는 전망이 된다

펼쳐라, 촛불

누구도 허무하지 않았다
연단도 없고 사회자의 거창한 소개도 없었지만
누구나 직접 발언하며 자기 삶의 주인공을 꿈꿨다
이 꿈은 누가 뭐라 하지 않고 조금만 그냥 두면 스스로
의 길을 찾을 것이다

촛불은 결코 광장에 갇히지 않았다
거리에 주저앉지도 않았다
모두가 독립적이었으나 기어코 함께였다
거리 전체가 대화와 논쟁이었다
대책위원회의 트레일러와 대형 스피커가 도저히 담아
낼 수 없는 영역에서 촛불은 타고 있었다

촛불의 전술은 흐르는 것
막히면 흐르고 또 막히면 샛길로 흘렀다가 대로에서 다
시 합류해 청와대 앞까지 진격했다
자본가계급의 심장부에 대표자 없는 대표자들이 섰다

물밑 거래하고 협상하고 타협할 수 있는 배후가 없으니 해산을 명령할 수도 없다

수습을 고민하는 자들은 참 난감한 일이었다

촛불은 두려움 없이 역동적이었다

즉석에서 토론하고 결정하고 직접행동에 나섰다

비타협 직접행동은 가장 두려운 순간조차 유머를 잃지 않았다

전경들에게 돌 대신 과자를 던지고 물총을 쏘고

거리에서 경찰들이 밀어붙이면 도망가지 않고 나 잡아가라며 닭장차에 올라타 버린다

모두가 현장 기자들이 되어 핸드폰으로, 무선 인터넷으로 투쟁 현장을 생중계한다

국가와 조금도 타협할 생각이 없는 참 독특하고 생기발랄한 시위대다

촛불은 공권력을 순식간에 우스꽝스럽게 만들며 반란으로 성장하고 있었다

밤과 새벽을 잇는 자리에 축제의 삶이 있다
촛불은 MB산성을 만나고 물대포를 만났지만
오히려 우애와 연대로 타올랐다
지침이 없어도
모두가 사수대가 되어 온몸으로 물대포와 마주섰다
지침이 없어도
자발적으로 부상당한 동지를 위해 구호 활동을 벌였다
지침이 없어도
모든 곳에서 우비와 옷과 김밥과 음료수가 보급됐다
지침이 없어도
노래와 춤과 토론이 새벽을 풍성하게 맞이하고 있었다

우애와 연대, 이 반란의 몸짓들은 세대를 넘고 성별을
넘어
마침내 저 낡고 우스꽝스러운 물건, 청와대도 넘었다
대표자 없는 대표자들, 우리가 혁명적 전망이다

이 반란의 몸짓이 만들어가는 이행의 삶

좀 더 인간적이고 보다 민주적이며 더욱 문화적인 것이

혁명적이다

펼쳐라, 촛불

경계는 없다

분노 하나로 충분했던 날은 갔다
―류기혁 열사 5주기에 부쳐

분노 하나로 충분했던 날은 갔다

노동자는 하나가 아니고 둘이고 셋이고 여럿이었다

단결은 대공장 정규직 남성 조합원들만의 특별한 이해를 보장하는 데 사용됐다

"해고는 살인이다"

금속노조 투쟁조끼를 입은 사내들은 집회 때마다 습관처럼 구호를 외치고 돌아와

맨아워 협상 자리에 앉는다

신차가 나올 때마다 사람 목숨이 매매됐다

'단결'을 위해 단결과는 아무런 상관이 없었던 비정규직노동자들은 해고됐다

현대자동차와 정규직노조 집행부가 합의한 정리해고 방침이

'입사역순'이라는 이름으로, '조합원 우선 고용 보장'이라는 이름으로 허용됐다

투쟁조끼를 입은 비정규직 조합원들은 살아남기 위해 서로 경쟁해야 했다

취업 알선 행위가 비정규직운동이라 불리기도 했다
분노 하나로 충분했던 날은 갔다
노동자는 하나가 아니고 둘이고 셋이고 여럿이었다

어디에서부터 다시 시작할 수 있을까?

무엇보다
우리는 류기혁 열사를 우리 몸에 들게 해 화산처럼 끙
끙 앓아야 한다
우리 몸이 차별과 배제에 민감해지도록
세포 하나하나가 단결에 반응할 수 있도록
질문처럼 비판처럼 앓아야 한다

난 아직도 류기혁 열사의 생애 마지막 걸음을 기억한다
귤 한 봉지 마음에 담아
천막농성장에 있었던 동지들의 안부를 물었다
"동지들 괜찮이요?"

류기혁 열사의 생애 마지막 걸음은
나 혼자만 살겠다는 경쟁이 아니라
종파적 감정만 남은 분열과 불신이 아니라
싸우기도 전에 두려움처럼 빠져드는 소심한 동요가 아
니라
동지들의 지친 몸에 안부를 묻는 인간에 대한 지극한
예의였다

"동지들 괜찮아요?"
동지에 대한 류기혁 열사의 정성스런 마음이 우리 모두
를 새롭게 할 것이다
꽃망울이 막 터지기 직전의 시간 속으로 손을 내밀면
그곳에 류기혁 열사가 있다
"동지들 괜찮아요?"
개화처럼 손끝에 와 닿는 류기혁 열사의 숨결 속에서
우리는 위로처럼 격려처럼 치유될 것이다

치 떨리는 경쟁으로 내몰렸던 불법파견노동자들이
다시 손을 잡는다
류기혁 열사의 선한 웃음처럼 참 따뜻하다
한 번도 경험해보지 못한
따뜻한 손에서 따뜻한 손으로 전해지는 새로운 만남
이번 생을 걸어볼 만하다
따뜻한 손에서 따뜻한 손으로 전해지는 새로운 세계
우리는 단결을 더하고 연대를 곱해 평등을 쟁취할 것
이다

목숨은 걸 수 있어도 왜 혁명은 꿈꾸지 못하는가

정자 대게를 푸짐하게 먹고 찜질방에서 한잠 자고 나니

명박氏가 대통령이 되어 있었다

TV 앞에 있던 찜질방의 사람들은 보이콧주의자들이었지만

경제를 살리겠다는 공약 앞에 순응하고 있었다

"비즈니스 프랜들리"를 외치는 명박氏의 눈빛은 독사처럼 날카로웠지만

세계공황 위에 세워진 가건물처럼 불안해 보였다

민주노동당 선거대책위, TV 앞에 나란히 앉아 있던

영길氏와 석행氏는 완전히 똥 씹은 얼굴이었다

표를 구걸하기 위해 부르주아 독재의 성지인 현충원을 참배하고

중소기업 사장들에게 친절하게도 '동지' 라는 호칭을 부여했다

이도 모자라 해고를 자유롭게 해주고 파업권을 팔아넘긴 한국노총을 찾아가

머리 숙여 지지를 호소했다

'표'를 위해서라면 쫀심이고 전통이고 혁명이고 나발
이고 없었다

금속노조 위원장인 갑득氏는 자본가들을 만나는 것이
자신의 '신념'이라고 자랑스럽게 말했다

오늘도 비정규직노동자들은 하늘로 오르고 매달리고

또 한 명의 분신한 노동자는 또 한 명의 분신한 노동자
가 됐다

이제 유서가 있어야 열사가 되고 투쟁은 조합비를 날리
고 조직력을 훼손하는 일

갑득氏는 산별교섭(사회적 합의주의)에 걸림돌이 되는
모든 행위는

금속노조 위원장의 이름으로 엄단하겠다고 신념에 찬
목소리로 말했다

그는 노동부 정례협의회(노사정 협약)를 통해

비정규직 장기투쟁사업장 문제를 해결하겠다고 선포

하고

　곧바로 위로금과 민주노조 깃발을 맞바꾼 하이닉스 합의서에 당당하게 직권조인했다

　갑득氏는 현대자동차 정규직노동자였고 민주노동당 열혈 당원이었다

　GM부평비정규직지회 이준삼 동지가 '해고자 전원 복직'을 외치며 한강물로 뛰어내릴 때

　회찬氏와 상정氏는 한강물의 이미지를 복사해 '푸른 진보'를 외치기 시작했다

　너무 너덜너덜해진 부르주아 민주주의 제복을 입고 카메라 앞에 선 그들이

　과연 한겨울에 한강에 뛰어들 수밖에 없는 심정을, 뼛속까지 사무치는 분노를 이해나 할까?

　푸른 진보신당이 내거는 새로운 슬로건은 사회연대전략이었다

　연대 들어가고 전략 들어가서 말은 무지하게 거창해 보

이지만
　결국 정규직노동자들이 양보하고 타협해서
　비정규직의 눈물을 닦아주자는 것
　부르주아 독재를 그대로 놔두고 개량의 무지개색으로
덧칠하는 일이다

　나와 때로는 협력하고 때로는 비판적 사이였던 몇몇 혁
명적 사회주의 정치조직들이 '연합' 했다
　그들은 비정규직 철폐를 혁명하자는 것으로 해석하는
　개량주의자들에게 선전포고를 했다
　그들의 이행강령은 '연합' 을 위한 기준선이었지만
　지나치게 전투적 조합주의에 밀착돼 있었다
　난 행동해야 할 때 단호한 직접행동을 위해
　강령상의 통일은 더욱 엄격해져야 한다고
　비판적 거리를 두었다

　사십 무렵, 정세는 변하고 있었고 정치적 재편기였다

나는 지난 5년 동안 비정규직노동조합 대표자로 살아왔다

배달호, 김주익, 곽재규, 이해남, 이현중, 이용석, 박일수, 류기혁, 김동윤

손 내밀면 봄빛처럼 손끝에 와 닿을 것 같은 이름이

나의 강령이었고

라인을 세우고 공장을 점거하는 비정규직 조합원들의 긴장된 눈빛이

내 손금을 타고 심장에 새겨진 전술이었다

내 삼십대는 전적으로 목숨 걸고 투쟁하는 비정규직 투사들의 몸짓에 소속되어 있었다

정치적 재편기, 사랑한다고 고백하고 싶었던 동지들은 지금 어디에 있는가

경제투쟁에는 목숨 걸 수 있었어도

목숨을 다하여 혁명을 꿈꾸지 못했던 한 시기를 다 보내고

난 혁명정당이 건설되기 전까지 하나의 서클에 참여하지 않겠다는 태도를 수정한다

혁명은 조직운동이다

하늘로 오르고 푸른 강물에 몸을 던지고 심지어 자신의 목숨을 거는

이 비상한 몸짓이 찾아야 할 주소는 코뮤니즘이다*

사십 무렵, 정세는 변하고 있었고 정치적 재편기였다

난 지금까지 투쟁하자고만 했지 한 번도 동지를 사랑한다고 고백해본 적이 없다

지금 내게 필요한 것은

새로운 인간의 시간이 태어나는 장소에 때늦지 않게 도착하는 감각이다

내가 먼저 손 내밀어 손금을 통해 대화하는 시간 속에

다른 삶으로의 이행기가 있다

그대 삶에 새겨진 따뜻한 언어를 안아보는

심장과 심장의 포옹 속에

두근두근
다른 삶으로의 이행기가 있다

*코뮤니즘운동을 하면서 느낀 자기비판과 성찰을 각주 형태의 시로 표현한 것이다.

조력자들, 혁명의 시간을 앞서서 실행하는 사람들

"아직도 혁명정당이냐 ㅋ"
한때 혁명을 꿈꾸었던 이들의 냉소에 대해
난 그들의 고해성사보다 나의 자기비판이 더 뼈아픈 것이었다고 말해주고 싶다
내가 속했던 한 조직의 혁명정당 건설운동은
한심한 지령이었고 뚱뚱한 위계였으며
오류투성이의 무오류였고 고철처럼 딱딱하게 녹슨 규율이었다

고립은 치명적이었다
적을 향해 날아가야 할 비수가 오히려 조직 내부에 와 박혔다
비판은 좀처럼 허용되지 않았고 서둘러 정치적 반대파는 축출당했다
다들 주체적으로 사유하고 행동한다고 확신했으나
중앙의 방침이 없으면 아무것도 할 수 없었다
조직은 원형 감옥을 닮아갔다

난 혁명적 사회주의운동을 휘감고 있는 관료주의에 타협하지 않았으나

이를 넘어서지는 못했다

난 첨탑 위에 한 발로 선 것처럼 절망했으나…… 내 절망의 바깥에서……
이미 투쟁사업장노동자들과 미조직노동자들은 서로 만나고 있었고
지금까지와는 다른 삶으로 행진을 시작하고 있었다
그들은 지령 없이도 충분히 의식적이었고 위계 없이도 활력 있는 주체들이었다
자신이 걸어온 걸음을 평가하며 세대를 넘고 성별을 넘어 다종의 아름다운 색채를
띠고 있었다
화염병과 쇠파이프를 들지 않아도 무장한 공권력 앞에서 주눅 들지 않았다
내가 새롭게 학습한 노선이었다

지금까지와는 다른 삶으로의 결정적인 한 걸음, 혁명의 시간을 앞서서 실행하는
사람들이 있다
'조력자들', 지금 내가 생각하고 있는 혁명정당에 가장 어울리는 이름이다

목숨을 다하여 부르는 노래

—현대미포조선노조 조합원 이흥우 동지를 기억함

혼신의 힘을 다했으나 끝내 이루지 못했습니다

이흥우 동지는 절정의 단풍을 통증처럼 남겨놓았습니다

그가 허공에 몸을 맡길 때 심정은 어떠했을까?

밧줄이 자신의 목을 죄어올 때 그가 본 세상은 어떤 모
습이었을까?

난 펑펑 울고 싶을 땐 가만히 심장에 손을 대어봅니다

심장이 뛰고 있는지 아직도 내가 살아있기나 한지

세상의 저음에서 들려오는 인간적인 외침을

귀 기울여 들을 수 있는 여백이 남았는지

한 동지가 고공에 올랐다는 소식만 들어도

덜컥 가슴부터 내려앉는 날들입니다

투쟁을 시작하기도 전에 우리의 초라한 자리가 더 커 보
이고

진실을 이야기하기도 전에 고립을 먼저 두려워합니다

내가 먼저 행동에 나서지 않고 남의 조직 탓만 합니다

우리 모두를 망칠 이 지독한 패배주의를 용서하지 말아

야 합니다

　나를 두 번 죽이지 마라!
　죽음에서 깨어나서도 이홍우 동지는 온통 동지 걱정 투
쟁 걱정뿐입니다
　정말 무모한 사랑입니다
　지독한 낙관주의입니다
　이홍우 동지는 우리 모두를 촛불로 일으켜 세우고 있습
니다
　오늘 하루에 모든 일이 다 이루어지리라 착각하지 않습
니다
　될 때까지 촛불을 확대할 겁니다

　촛불을 든 자리, 죽음조차 환하게 밝혔습니다
　목숨을 다하여 부르는 노래입니다
　우리는 낮은음자리표 부근에서 손을 잡았고
　높은음자리표까지 둥그런 원을 그리며 춤을 추고 노래

를 불렀습니다
　이곳에서 밝고 따뜻한 것들의 강령,
　위대한 행동이 태어나고 있습니다

　패배를 두려워하지 않는 단호한 행동,
　이홍우 동지입니다
　목숨을 다하여 부르는 노래,
　이홍우 동지입니다

붉은 단결

―현대자동차비정규직 공장점거파업 25일

짜른다 짜른다는 소리만 밥 먹듯이 들어왔고
문자 한 통에 목숨이 날아갔던 비정규직노동자들이
신차 나올 때마다 살아남기 위해 서로 경쟁하고 헐뜯고
싸웠던 비정규직노동자들이
어느 날 눈빛이 달라졌다

마주 잡은 동지들의 따뜻한 손이
새로운 생의 첫 시간을 알리는 신호가 되었을 때
이 세상에 당연한 것은 아무것도 없었다
불가능하다고 믿었던 것은 갑자기 사소해졌다

"노예계약서를 거부한다. 계약서를 체결하려면 정몽구
가 직접 나서라"
가장 생활적인 것이 가장 계급적인 요구였고
가장 계급적인 요구가 가장 대중적인 공감과 직접행동
을 이끌었다
"지금 당장 모든 사내하청을 정규직화하라"

자본의 지불 능력은 고려할 필요도 없었고 교섭의 절차
나 기술은 아예 관심 밖이었다
인간적인 삶은 언제나 금지의 영토에 거침없이 발을 딛
는 반란 속에 있었다

아직도 가슴 떨리게 자랑스러웠던 일,
신새벽, 동성기업 노동자들은 가차 없이 시트사업부 담
벼락을 뛰어넘었다
악몽처럼 불편했던 굴종과 체념을 뛰어넘자마자
이윤을 위한 생산이 중단됐고 명령이 중지됐다
"그래 한번 제대로 붙어보자
라인을 태워서라도 이번에 비정규직 인생 끝장내겠다"
공장점거파업을 여는 총성이 들렸다

우리는 현대자동차 1공장 CTS(자동차 문짝 탈부착 생
산라인)점거파업농성장에서 치 떨리는 경쟁과 단절했다
CTS점거파업농성장 총회, 비거점파업농성장 총회는

한 번도 사용해본 적 없는 우리의 정부였다

우리는 몸에 풀물 든 것처럼 이 정부를 운영하는 법을
배웠다

명령의 시간을 인간의 따뜻한 숨결이 느껴지는 대화의
시간으로

통제가 지배했던 공간을

인간의 심장이 뛰는 합의와 협력의 공간으로 대체했다

우리는 복종하지 않을 것이다

자본의 질서가 갑자기 중단된 곳에서 동지들의 발언은
짧고 명쾌했다

우리는 공장점거파업 속에서 태어났고

이곳에서 다른 세계의 언어를 배운 새로운 사람들

모두가 군더더기 하나 없이 꿈의 방향을 이해했다

저항의 외부는 없다

기계 소리가 멈추자 모든 것이 달라졌다

―쌍용자동차 공장점거파업 77일

기계 소리가 멈추자 모든 것이 달라졌다 관리자 놈들 하나 없어도 공장은 잘만 돌아간다 통쾌하다 오직 명령과 통제만이 지배하던 공장에 아이들의 웃음소리가 자라기 시작하고 공장 담벼락 아래 풀잎은 직선과 결별하며 아이들이 웃는 쪽으로 한결 부드러워졌다 연둣빛 투쟁티를 맞춰 입은 가대위 엄마들은 머리띠를 묶은 아이 아빠들과 함께 손뼉을 치며 투쟁가를 부르고 있다 모두가 투쟁 속으로 이주하면서도 조금은 더 행복하게 웃고 있었다

; 어쩌면 저렇게 웃음이 서로를 쏙 빼닮을 수 있을까? 난 최근에 이런 웃음을 본 적이 없다 서로를 쏙 빼닮은 저 웃음이야말로 평등하지 않고서는 이룰 수 없는 미래의 시간이다

희망의 내면을 비추기 위해 굴뚝 위의 고공농성자들은 만월을 이루고 있다 비정규직과 정규직이 서로를 품어 만월을 이루고 있다 수백 명의 산 자들이 죽은 자를 품어

만월을 이루고 있다 어떤 폭력으로도 도달할 수 없는 만월이 다른 세계로 이동하는 시간의 문처럼 빛나고 있다 노동자의 존엄함이 만월을 이루고 있다

생산이 멈춘 공장 안에는 인간적인 삶을 이루는 모든 것이 있다 우선적으로 위계가 사라졌다 수평을 이루고자 하는 노력은 연어 떼의 귀향처럼 공동체의 산란을 위한 시간으로 흘렀다 서로 경쟁하고 뒷담화에 익숙했던 노동자들이 서로에게 무척이나 진지해졌다 오늘 그의 이야기는 지루하거나 불쾌하지 않고 공감을 이끌어내고 있다

우리의 모든 이야기는 존중받았고 공장 전체가 거대한 토론장으로 변해갔다 공장 안에서 일어난 모든 문제는 공개적으로 토론됐고 우리는 그 결정에 열정을 가지고 참가했다

서로를 이해하고 전망을 공유하는 것, 우리가 희망이라

고 이름 붙일 수 있는 것은 수평을 이루는 것이다 가령 삶
을 다해 외치는 구호들이고 ("단 한 명도 자르지 마라 해
고는 살인이다") 파업 대오 전체가 자기 생을 걸어 숲처
럼 무장을 결단하는 것이며 머리띠처럼 둥글게 둥글게
인간적인 몸짓을 묶는 협력의 시간이다

보라! 공장은 노동자의 것이다 우리는 자본의 소유권과
경영권에 과감하게 도전했고 이제 공장의 운명은 무장한
노동자 군대의 통제하에 있다 우리는 모든 문제를 비판
과 충분한 토론 속에서 해결할 것이다 이 세상이 아닌 웃
음으로 무장한 쌍용자동차 공장점거파업은 공동체의 산
란을 위한 시간이었다

내전을 알리는 총성으로 살겠습니다

—2009년 5월 16일 박종태 열사 정신 계승 전국노동자대회

대한통운 앞

홍수처럼 벚꽃이 지는 자리에서 조합원들은 밟히고 엎어터지고 끌려갔습니다 저 억장 무너지는 낙화의 시간 속에서 박종태 열사는 눈물을 보이기 싫어 간신히 아카시아꽃을 내다 걸었습니다 아카시아꽃이 무르익는 날에 전생을 다해 아카시아 나무가 됐습니다 완전한 사랑의 자연입니다

거리로 내쫓긴 노동자들이 43일 동안 아무 힘도 써보지 못했습니다 고립되어 절박하게 싸우다가 확실하게 탄압받는 날들이었습니다 투쟁이 부족한 것이 아니라 단결이 사무쳤습니다 그러나 지도부는 투쟁하는 자리에 없었습니다 협상하는 기술만 늘어가고 타협이 모든 투쟁 지침을 대체했습니다 여기 소박하지만 투쟁하는 조합원들이 있습니다

화물연대 조합원 총회, 폴리스 라인처럼 파업 시기와

전술이 화물연대 지도부에게 위임됐습니다 그놈의 협상 때문에 또다시 파업이 눈앞에서 사라지고 있습니다 박종태 열사의 관을 곁에 두고 지금 적과의 대화는 파업 파괴 행위입니다 지금은 과감하게 행동하고 더욱 단호하게 행동해야 할 시기입니다

여기 잡혀가더라도 투쟁다운 투쟁을 하고 싶은 조합원들이 있습니다 죽봉을 든 조합원들이 파업할 때입니다 경찰 바리케이드를 깨부수고 전진하려는 조합원들이 파업 전술입니다 박종태 열사가 파업 지침 1호입니다

박종태 열사가 자신의 목숨을 통해 소집한 자리, 대한통운 앞까지 거침없이 진격해갔습니다
비공인 무장투쟁이었습니다 반란의 시작, 열사정신 계승이었습니다

그러나 대한통운을 접수하고 박종태 열사의 꿈을 실현

하기에는 전망이 부족했습니다 최후의 공격을 앞두고 머뭇거렸습니다 이 머뭇거림을 기다렸다는 듯이 화물연대 지도부가 재빠르게 도착했습니다 투쟁할 때는 코빼기도 보이지 않았던 그들이 고작 한다는 짓은 더 큰 투쟁을 위해 오늘의 투쟁을 무장해제시키는 일이었습니다 죽봉을 든 조합원들은 끝내 자신의 전망으로 일어서지 못했습니다 등을 보이는 순간, 한 치의 틈도 없이 적들의 창끝이 심장을 찔렀습니다

심장에서 흘러내리는 붉은 피를 움켜쥡니다 소심하고 우유부단한 지도부의 지침은 필요 없습니다 더 이상 박종태 열사의 꿈을 어디에도 위임하지 않을 겁니다

심장에서 흘러내리는 붉은 피로 박종태 열사를 기억하겠습니다 죽봉을 들고 자본의 바리케이드를 뛰어넘는 비공인 파업지도부로 심장에 새기겠습니다 헌화보다 내전을 알리는 총성으로 살겠습니다

자본주의를 관통하고 있는 제5계절
―혁명적 사회주의자 박회송 동지에게

울산시청 앞,
울산장애인차별철폐연대 천막농성장을 품고 있는
단풍나무에 소속된 나뭇잎 몇 개는
서둘러 붉게 물들기 시작했다
꼭 서두를 이유는 없었지만 마음 가는 방향을 누가 막
겠는가
장애인 차별 철폐 쪽으로
먼저 단풍 든 나뭇잎 몇 장을 보면 알겠다
서로를 이해하려고 노력하는 몸짓들은 서로 곱게 물든
다는 걸

유독 붉은 단풍잎의 시선으로 본다
도대체 누가 장애인이라 금 그어놓고 등급을 매겼는지
도대체 누가 이동의 자유를 빼앗고
비좁고 밀폐된 '시설' 안으로 장애인들을 감금시켜 놓
았는지

시설 밖의 세상,

친구들과 함께 울산대공원에 놀러도 가고 싶고

시설 감옥이 아니라 평범하게 '자립생활'을 하고 싶은

소박한 꿈을 위해

중증장애인 박회송 동지는 전동휠체어를 끌고

오늘도 울산장애인차별철폐연대 집회에 나오고

울산시청 앞 천막농성에도 참석하고 있다

다들 잘 모르겠지만

박회송 동지는 중증장애인이 아니었다면

국정원에도 끌려갈 뻔했던 혁명적 사회주의자다

노무현 정부 시절 한국공산당 블로그를 만들고

코뮤니스트들과 교류했다는 혐의 때문이다

그는 자신을 꾸미는 데는 돈 한 푼 쓰지 않는다

국가에서 지급되는 몇 푼 안 되는 보조금 대부분을 집
회 참석 교통비와

투쟁사업장 지원금으로 사용한다
계급투쟁이 벌어지는 현장이
그가 그토록 보고 싶어 했던 시설 밖의 세상이었다

"형, 내가 스스로 지은 호가 있는데 혁민이야, 난 인민
의 혁명을 위해 살 거야
내가 공권력과 맞설 때 맨 앞에 서는 이유는 경찰에 맞
아 죽더라도 혁명을 보고 싶기 때문이야"

결의는 눈물의 지층으로 쌓아 올려진 만큼 전투적이다
전술회의 할 때 부담스러운 점거농성을 만류해도
"안…… 돼, 가…… 자!"
힘차게 전동휠체어를 끌고 선두에 선다
이 세상이 아닌 몸짓으로
이 세상이 아닌 언어로
혁명적 사회주의자, 박회송 동지의 전동휠체어가
울산시청 광장을 느리게 행진하고 있다

장애인 차별에서 철폐로 느리게 행진하고 있다
인간적인 삶으로 물들어가는 그의 느린 행진은
자본주의를 관통하고 있는 제5계절이다

울산대학병원 영안실에서 보낸 120일

하청노동자들의 죽음은 가능한 은폐되거나 비공식 속
보로 전달된다
현대중공업 정문 앞,
울산대학병원 응급의료센터 입구의 벚나무는
피기도 전에 벌써 지고 있었다

응급센터 소생실 침상에 하얀 천으로 덮여 있던 죽음들
생이 급작스럽게 중단된 신체는 사무적으로 방치돼 있
었다
머리가 깨진 신체, 내장이 터져 나온 신체
뼈들이 창처럼 피부를 뚫고 나온 신체
전기가 훑고 지나간 고무인형 같은 신체
현대중공업 안전환경부는 사건 보고서를 작성하면서
그들을 '부주의한 신체'라 불렀다
벗어나기 어려운 평가를 받은 부주의한 신체는
죽음 곁에서 말이 없고
피비린내가 그들을 요약하고 있었다

피비린내는 내게 무엇을 말하고 싶었던 걸까
피비린내를 감당하기엔 내 어깨가 너무 좁다

울산대학병원 영안실
몇 시간 전 자신의 체온과 예기치 않게 결별한 신체가
관 속에 누워 있다
다하지 못한 말처럼 피비린내가 따라와 함께 웅크리고
있다
유가족들은 영정사진처럼 울고 있었고
현대중공업 관리자들과 정규직노조 간부들 그리고 하
청업체 관리자들이
그 울음조차 촘촘하게 봉쇄하고 있었다

난 홀로 하청노조 자주색 투쟁조끼를 입고 기다렸다
10시간…… 20시간
현장에서 함께 일했던 하청노동자들을 만나기 위해

울산대학병원 영안실 한편에서 기다렸다
관 속이 따로 있을까
현대중공업 관리자의 눈빛은 살인자처럼 위협적이고
동료의 죽음을 찾아온 하청노동자들은
눈물조차 허락을 받아야 하는 것처럼 머뭇머뭇하다
내가 앞에 앉아 있어도 눈길조차 주지 못한다

내가 기다리는 것은 거창한 어떤 것이 아니다
지금 내가 기다리는 것은 죽음에 대한 예의다

자정 지나 관리자들도 어느 정도 빠져나가고
술기운도 붉게 달아올랐다
그래도 졸고 있는 관리자들의 눈치를 보며
조심스럽게 내게 다가오는 하청노동자들
몇 마디나 했을까
힘없이 내 멱살을 잡고 서럽게 운다
"하청들 다 죽어가는데 위원장이라는 놈이 뭐하고 있

냐"고 엉엉 운다

현대중공업 하청노동자들에게 단결은 너무 멀고
파업은 꿈만 같은데
우는 것도 용기가 필요했던 사람들이
내 멱살을 잡고 엉엉 운다

그렇게 서로 부둥켜안고 엉엉 우는 것이
죽음에 대한 예의였던
현장 추모집회였던
작업중지권 쟁취를 위한 하청노동자 현장 파업이었던
울산대학병원 영안실에서 보낸 120일!

동지를 사랑하는 것이 혁명이었던 사람

—고마워, 미안해 운남아!

"형, 힘들 때마다 전화할게요"
"그래 자주 연락하며 살자"

너의 음성이 아직도 귓가에 생생한데
넌 마지막 잎새를 남기고 갔는데
난 또다시 헐벗고 딱딱한 겨울나무로 살아남았네

미안해
운남아!

타고나기를 너무 선하게 태어난 사람
동지에 대한 사랑이 아니었으면 살 수 없었던 사람
동지를 사랑하는 것이 혁명이었던 사람
너무 섬세하고 아름다워
이 자본주의에는 도저히 적응할 수 없었던 사람
"동지, 싸우자"
박일수 열사의 꿈을 좇아 기꺼이 지프크레인에 올랐던

사람

   현대중공업의 살인적인 폭력을 몸에 저장함으로써

   자본가계급을 용서하지 않았던 사람

   현대자동차비정규직지회 조합원들의 고통을

   최강서 열사의 죽음을

   자기 삶으로

   마침내 받아들였던 사람

   그렇게 시대를 앓았던 사람

   가장 먼저 상처에 반응하고

   본능적으로 평등에 이끌리는

   너의 슬픔만 한 힘이 또 있을까

   그래 운남아!

   넌 이미 충분했어

   더 이상 미안해하지 마

   네 젊은 꿈,

혁명가의 꿈을 이루진 못했지만 후회 없는 삶이었잖아
넌 할 일을 다했잖아
넌 충분히 아름다웠잖아
네 탓이 아니잖아
운남아!

투쟁을 감당할 수 없을 정도로 바닥을 드러낸 체력,
절망처럼 두려운 일이 또 있을까
긴장으로 딱딱해진 겨울나무 같은 우리 몸
네가 남긴 마지막 잎새의 다짐처럼
절망과 타협하지 않을 거야
있는 힘을 다해 널 기억할 거야
어디에도 의지하지 않고
싹을 품는 삶
스스로가 전망이 되는 삶
있는 힘을 다해 널 기억할 거야
운남아!

고마워

미안해

잘 가

운남아!

철탑의 새벽은 전생을 걸고 온다
— 철탑 고공농성을 하고 있는 의봉이, 병승이에게

아픈 몸 이끌고 울산화학공단으로 출근하면서 철탑의
안부를 묻는다
기름때 묻은 작업복 입고 퇴근해 철탑의 뛰는 심장 소
리를 듣는다

의봉이가, 병승이가 자기 생을 매단 곳은
허공이 아니라
흔들리고 포기하고 싶고 도망가고 싶은 조합원들의 가
슴이다
내장이 다 상하도록 자본의 탄압을 견디고 있는 조합원
들의 삶이다

단결 앞에서 오래도록 기다려본 사람은 안다
적들의 탄압보다 전망이 보이지 않을 때가 더 힘들고
등 돌리며 떠나는 조합원들의 뒷모습이 더 고통스럽다
는 걸

고분고분 말 잘 듣는

정규직 임금노예가 되겠다고 투쟁해온 것은 아니지 않
은가

투쟁이 저물기도 전에 이미 운동 자체가 자본을 닮아버
렸을 때

경쟁이 투쟁을 유지하는 수단이 되었을 때

우리는 승리하지 못했다

전체 조합원이 죽봉을 들어 무장한 시간과

철탑 고공농성의 시간 사이에

우리가 평가하고 토론하면서 가야 할 길이 있다

우리가 계급으로 무장했을 때 자본은 공포를 느꼈고

우리가 개인으로 흔들렸을 때 자본은 안정을 찾고 질서
를 회복했다

언제나 문제는 주체적 힘을 새롭게 하는 것이다

지금 자기 싸움을 하는 사람은 회유를, 포섭을, 분열을
허용하지 않는 사람이다

지금 자기 싸움을 하는 사람은 더 이상 이대로는 살 수
없어서 삶을 근본적으로 바꾸는 사람이다

지금 자기 싸움을 하는 사람은 비가 땅에 스미듯 세상
의 더 낮은 곳으로 스미는 사람이다

지금 자기 싸움을 하는 사람은 전생을 걸어 땅처럼 평
등에 이르고자 하는 사람이다

긴장된 어둑새벽,

눈물을 머금고 다시 철탑에 오르는 것은

싸워보지도 않고 얻은 떡고물이 가장 치명적인 패배란
걸 알기 때문이다

무슨 일이 있어도 우린 평등해질 것이다

굴종하려면

차라리 최선을 다해 패배할 것이다

철탑은 과신도 절망도 하지 않는다
철탑의 새벽은 전생을 걸고 온다

개량주의자들에 대한 첫 번째 포고

―2012년 민주노총 전국노동자대회에 부쳐

더 이상 날 동지라 부르지 마라

민주노총 소속 같은 조합원이라고 하더라도

투쟁 현장에서 몇 번 구호를 함께 외쳤다고 하더라도

나는 너와 뜻을 함께하는 동지가 아니다

1998년, 민주노총 합법화를 위해

정리해고제, 변형근로제, 파견제를 합의해준 너는

2004년, 국회의원 선거 한다고 날 찾아와

박일수 열사 투쟁을 접으라고 한 너는

"민주노총 깨려고 아예 작정한 거냐"

박일수 열사투쟁을 접지 않으면 철수하겠다고 날 협박

했던 너는

2005년, 비정규직 악법 폐기를 위한 민주노총 총파업투

쟁을 기꺼이 폐기한 너는

비정규직노동자들의 항의를 "양아치 새끼들" 이라 조

롱하며

　사회적 합의주의로 게걸음질 친 너는

　2005년 류기혁 열사를 "열사가 아니다"라고 규정했던
너는

　열사투쟁을 조직하라는 항의를 종파주의자들의 분열
책동이라고 매도했던 너는

　2007년, 민주노조 깃발을 위로금 몇 푼으로 맞바꾼 합
의서에 직권조인한 너는

　하청노동자들의 생사여탈권을 움켜쥐고

　사람 목숨을 매매했던

　대공장 정규직노동조합 간부였던 너는

　1사 1노조 방침, "노동자는 하나다"란 구호를 외치며

　기아비정규직노조 공장점거파업을 파괴했던 너는

　2010년, 모든 사내하청의 정규직화는 지금 당장 불가능

하니

　현안부터 풀자며 CTS점거파업 해제를 중재했던 너는

　CTS점거파업 해제를 위해 금속노조 총파업을 유예시
킨 너는

　배고픔과 추위에 떠는 비정규직노동자들에게 김밥 가
지고 장난친 너는

　2012년 11월 11일, 자본가들을 만나고 악수하고 반갑
게 협력하는 것이

　확고한 정치적 신념인 너는

　2012년 11월 11일, 밥 처먹고 허구한 날 교섭하고 중재
하고 타협하고

　굴종을 강요하는 것이 하는 일의 전부인 너는

　2012년 11월 11일, 고작 부르주아 야당이 돼보겠다고

　저요…… 저요 부르주아 선거제도에 목매다는 너는

　노동자계급이 아니다

자본가계급이 노동운동 내부로 파견한 자들,
자본가계급의 마름이다
내게 다가와 반갑게 웃으며 악수하려 하지 마라
난 너의 적이다

난 나의 권리를 대의하겠다고 나선 자들을 믿지 않는다
난 너와 바리케이드를 앞에 두고 마주 설 것이다

제
4
부
—

나에게 조용히 다가온 전망

씻을 곳 하나 없어
산발한 머리, 기름때 묻은 작업복을 입고 퇴근하는 사
람의 저녁입니다
배춧국으로 허기진 배를 채우다 울컥, 하는 사람의 저
녁입니다

젖은 몸은 군더더기 하나 없는 서러운 맨몸입니다
아무것도 갖지 않았으므로 오히려 평등에 가까운 투명
입니다

상처받은 몸으로 내 곁에 왔다가
상처받은 몸으로 내 곁을 떠나간 그대여
저물녘에 이르러 더욱 사무치는 날입니다

내 젖은 몸은 그댈 위해 저녁 밥상을 차리겠습니다
내 손맛이 그대 입맛에 맞을지 걱정입니다

내가 뼈아픈 건 그대의 좋은 대화 상대가 돼주지 못했
다는 겁니다
판단과 규정에 익숙한 나의 대화법이
공감에 적응하기엔 너무 서툴고 어설펐습니다

그대는 특별하게도 기타를 배우고 싶어 했습니다
기타를 치며
'이씨, 니가 시키는 대로 내가 다 할 줄 아나' 라고 노래
부르는
그대 모습
별빛의 음계로 가득 찬 그대 목소리가
나에게 조용히 다가온 전망인 줄
그대가 떠나고서야 알았습니다

흐드러지게 노란 개나리가 만발한 봄날 봄날
속절없이 그대를 떠나보내고
난 노란 개나리처럼 아팠습니다

아프도록 내 삶을 수평에 이르게 한
그대의 투쟁이
삶의 치유력임을 알겠습니다
밥상을 마주 보고 환히 웃던 그대를
젖은 몸으로 기억하겠습니다

금지 위에 세워진 정치적 신념은 반혁명이다

'노동해방을 위해 투쟁하는 사회주의자 일동'*은 성폭
력 가해자였다

성폭력 피해자가 조직의 가부장 문화에 질문을 던지며
투쟁을 시작했을 때
여성주의는 조직의 공식 입장이 아니었으므로 간단하
게 묵살됐다
피해자 지지 모임의 공감을 이루기 위한 비판과 토론은
중앙의 방침으로 금지됐다

피해자는 더욱 고립됐고
조직의 핵심이론가였던 가해자는 안전하게 자신의 방
어 이론을 만들어냈다
가해자의 변명은 곧 중앙의 방침이 됐고 누구도 조직의
권위에 도전하지 못했다
도전받지 않는 지도력은 노예적 습성에서 자라났다
지도자를 보위하는 것이 조직 노선을 사수하는 신념으

로 굳어졌다

　조직적 계통을 따라 피해자에 대한 음해와 비방이 조직
됐다

　피해자는 피해자이기 이전에 정치적 반대파였다

　동지라는 이름에 값하지 못하는

　또 한 명의 혁명적 사회주의자가 빠르게 축출당했다

　조직은 계급투쟁의 무기가 아니라 하나의 종교가 됐다

　교류하고 논쟁하고 검증받지 못한 신념은 너무 쉽게 종
교가 된다

　노해투사의 정치적 신념은 벽처럼 확고했으나 피해자
에겐 짐승 같은 것이었다

　프롤레타리아 독재를 꿈꾸는 혁명적 열정도 권력에 이
르자 순식간에 낡았다

　따뜻한 웃음과 즐거운 대화 속에서 태어났고

　세상의 저음에서

들풀처럼 노래하며 들풀처럼 유러했던

그녀를

　　　그녀의 눈물을

　　　　　그녀의 질문을

　　　　　　　그녀의 항의를

조직 방침으로 금지할 수 있다고 생각했는가

금지 위에 세워진 정치적 신념은 반혁명이다

그녀의 여성주의는 평등을 이루고자 하는 삶의 자리에

꽂힌 내전

총구를 떠나는 총탄처럼

　　　　　　단절은 철저한 것이다

* '노동해방을 위해 투쟁하는 사회주의자 일동'(약칭 노해투사) 성폭력 사건에 대

한 설명을 각주 형태의 시로 표현한 것이다.

노해투사는 비합법 혁명적 사회주의 정치조직이었다

한 고전주의자의 낡은 외투처럼
비합법적인 삶이 단어 자체로 더 완벽하다거나
진실에 더 가깝다는 건 아니다

피해자 동지가 첫 번째 질문을 던졌을 때
노해투사는 자신을 검증할 수 있는 기회를 놓쳤으며
비판과 토론을 삭제함으로써
오히려 진실로부터 더욱 멀어졌다

피해자 동지의 내장산 단풍 같은 언어는
계절이 몇 번 바뀌는 동안에도 전혀 물기를 잃지 않았다
따뜻하고 촉촉했다
눈물처럼 독하고 아름다운 세계가 또 있을까?
그녀의 눈물을 외면하지 않았을 때
난 더 강해질 수 있었다

건조한 문자로 구성된 노해투사의 내부에
그녀의 눈물이 스몄을 때
균열은 시작되고
그 균열을 따라 새벽녘에 이르렀을 때
노해투사는 성폭력 가해자임을 인정했다

가부장주의는 관료주의가 기생하는 숙주였다
노해투사는 자신의 권력이 거처했던 곳을 성찰하기 시작했고
조직을 해산함으로써 그 정치적 책임을 다하고자 했다

조직노선 평가와 피해자의 치유를 위한 노해투사 성폭력 대책위의 구성,
자신의 오류로부터 도망가지 않고
스스로를 변화시키기 위한 이 집단적인 노력은
피해자 동지에게 해줄 수 있는 최소한의 조직적 예의였다

무수한 차이로 이뤄진 당신을 품을 자리

─지리산행

내 이십대, 인민노련의 노회찬이 반성문을 쓰고 합법의 회주의자로 자신의 노선을 수정했을 때, 한국에 트로츠키주의자들(IS)이 들어와 활동을 시작할 무렵, 난 그들과의 이론투쟁 속에서 프롤레타리아 독재론자가 되었고 지금까지 프롤레타리아 독재론자로 살아왔다 이행의 삶을 꿈꿔왔다

하지만 난 통일을 위해 차이를 희생시켜왔고 차이를 견디질 못했다 축출과 분리가 활력 있는 정치생활이라 믿었으나 이행의 삶과 조금도 닮지 않았다 오히려 너무 손쉽게 적을 쏙 빼닮았다 비스듬하게 기댔던 벽이 갑자기 사라진 것처럼 믿고 확신했던 것은 행복한 적이 없다

; 혁명적 사회주의 정치활동이 먼 곳으로 떠나는 설렘이거나 사랑하는 당신을 기다리는 연애의 시간이라면 얼마나 좋았을까?

의심 많은 밤이 찾아왔으나 난 단 한 줄도 쓰이지 않은

검은 페이지가 더 진실돼 보였다 내가 쓰고 싶었던 첫 번째 문장은 지리산을 향했다 지리산행은 내게 과연 사랑이고 몸의 자유이고 빛나는 전망일 수 있을까? 사실 잘 몰랐다 다만 지리산이 날 품지 않더라도 부드러운 흙 한 줌으로라도 지리산에 머물고 싶었다

노고산장 밖에서 비박을 했다 침낭을 깔고 비닐을 덮고 누워 본 밤하늘은 고추밭 같았다 별빛들은 고추밭에 주렁주렁 매달린 붉은 고추처럼 빛났다 난 땡초처럼 얼얼한 별 하나 가슴에 품고 싶었다 순환 가능한 삶은 가능할까? 난 지는 유성을 보며 특별히 소원을 빌지 않았다

별빛들의 유영하는 좌표를 따라 바람이 불었다 이제 가야 할 곳을 질문할 때다

차이는 지리산의 샘물 같은 것이다 참 맑고 투명한 동력, 내가 원했던 것은 샘물처럼 그렇게 빈틈없이 평등한

것이다

대의제도가 평등을 대표하고 혁명적인 때는 이미 지나
갔다 별빛들은 무수한 차이들의 협력으로 스스로 빛날
뿐 누구도 대의하지 않는다

땡초처럼 내 가슴을 얼얼하게 하는 별빛들은 정말 신기
하게도 내가 여전히 살아 있다는 것을, 내 심장이 조금은
더 따뜻해지고 싶다는 걸 느끼게 해줬다 입장을 바꾼 것
이 아니라 그냥 느껴지는 것이 있다 무수한 차이로 이뤄
진 당신을 품을 자리…… 지리산!

사랑도 깊으면 한이 된다

―위경희 동지의 서른아홉 번째 생일을 축하하며

울산노동법률원에는 변호사, 노무사 그리고 나의 아내
인 위 여사가 있다

위 여사는 현대자동차비정규직노동조합 초대 법규부
장이었다

현대자동차비정규직노조가 만들어지기 전

입덧처럼 하청노동자 최초의 해고자 복직투쟁을 조직
했던 위 여사는

활동가들이 힘들다고 펑펑 울고 싶을 때 찾아가는 조직
가였다

문성이 낳고 몸도 제대로 못 풀고 정신없이 투쟁 속으
로 달려갔던

나보다 몇 배는 뛰어난 활동가였다

(왜 그토록 뛰어났던 수많은 여성 활동가들은 운동으
로부터 추방되었는가?

꽃잎 옆은 항상 위험하고 꽃향기는 평등을 향해 자라지
않았다

위 여사의 가사노동과 육아노동, 생계노동 위에 세워진
나의 운동은 본질적으로 반혁명을 닮아 있었다)

내가 집 밖에서 조직했던 비정규직 철폐투쟁은
결국 위 여사의 꿈을 금지시키고 그녀의 언어를 집 안
에 가뒀다
나는 금지와 배제의 언어로 너무 많은 일을 해결해왔다

(사소한 문제로 위 여사와 크게 싸운 밤에는
"여성주의자가 모두 사회주의자는 될 수 없어도 모든
사회주의자는 여성주의자가 되어야 한다"고 내게 말했던
한 동지를 생각한다
내가 오늘 당장 빼어난 여성주의자는 못 되더라도 뼈아
픈 반성으로 이 시간을 나겠다고 다짐한다)

내가 노동조합 관료제에 맞서 싸울 때
위 여사의 고단한 퇴근길은 더더욱 쓸쓸했을 것이다

집 안에 내가 지은 권력,

난 그 외로움을 이해하려 하지 않았다

그녀의 퇴근길을 따라 걷다 보면 사무치지 않은 것이
없고

난 눈물 나도록 고마운 그녀의 이름을 조용히 불러본다

내가 모든 것을 다해 되찾고 싶은 이름

위경희 동지!

내가 모든 것을 다해 존경을 표하고 싶은 사람

위경희 동지!

해고 6년, 돈 한 푼 벌어다 주지 못했다

내가 말 한 마디라도 잘못하면 위경희 동지는 오늘도
바르르 떠는데

사랑도 깊으면 한이 된다

서로 스며들어 서로를 완성할지니

한에 이르러서야 우리는 비로소 사랑이다

공감은 식물성 물기로 이뤄졌나 보다

—2009년 9월 11일 민주노총 임시 대의원대회장에서

지금 당장 열매를 꿈꾸진 않는다

오히려 씨앗을 향해 이주하는 사람들이 있다

#1. 공감을 찾는 몸짓

'민주노총 김○○ 성폭력 사건 피해자 지지모임'은 민
주노총 임시 대의원대회장 입구에서 선전전을 진행하고
있었다 손 내밀어 공감을 찾는 몸짓은 흰 들국화 향을 쏙
빼닮았다

'민주노총 김○○ 성폭력 사건 피해자 지지모임', 조진
희 동지는 현장 발의 안건을 대회에 제출하고 안건 설명
을 하다가 피해자 동지의 고통에 이르러 끝내 울먹인다
공감은 식물성 물기로 이뤄졌나 보다 난 피해자 동지가
다시 사람을 품을 수 있는 최초의 언어가 솟구쳐 오를 때
까지 그녀 곁에 오래도록 머물고 싶었다

#2. 난 고추장처럼 독해시고 싶었다

피해자 동지의 고통을 애써 외면하면서 조용히 문제가 해결되기를 바라는 자리에서, 공황기 노동자투쟁을 조직해야 하는 중대한 과제 앞에 선 그 침묵의 언어 속에서 여성은 존엄한 인간으로 존중받지 못했다 피해자 동지의 느낌, 감정, 고통은 아무런 상관이 없었다 오직 조직을 보위하기 위해 명령이 동원됐고 성폭력이 사용됐으며 침묵이 강요됐다

2차 가해자들은 살아남기 위해 인간이 인간을 인간으로 보지 않았던 자신들의 행위를 반복했다 조직의 명예를 차용하고 정파 라인을 가동했다 다수를 장악한 전교조 대의원대회는 그들이 숨을 수 있는 안전한 장소였다 더 이상 비판과 토론은 생산되지 않았다 억압은 대의기구 내부에서 완성됐다

이 지독한 절망이 과연 우리를 가르칠 수 있을까? 난 고추장처럼 독해지고 싶었다

#3. 피해자 동지의 손을 잡아주는 일

지금 우리가 해야 할 일은 지치지 않는 것, 피해자 동지의 따뜻한 눈물에 속하는 일이다 따뜻한 눈물이 돌보는 씨앗을 향해 이주하는 일이다 마침내 발화하는 인간의 새로운 언어, 피해자 동지의 손을 잡아주는 일이다

난 희망에 대해 너무 과신하는 그의 모습이 위험해 보였다

이십대의 젊은 친구들 중에
프롤레타리아 독재를 운동의 전망으로 갖는 이들은
좀처럼 찾아보기 힘들었는데
말끝마다 직업적 혁명가의 자세에 대해 이야기하는
사십대 후반의 한 사내와 뜨겁게 논쟁했다
혁명에 대한 진지한 그의 열정을 의심해서가 아니다
난 자신에게 조금은 더 친절했으면 좋겠다고 말했다

"우리는 규율이 확고하기 때문에 성폭력 사건이 일어
날 수 없고
   만약 일어난다면 확고한 규율을 통해 신속하게 문제를
해결할 것이다"

난 저 신념이 아무것도 말하고 있지 않다는 것을
이 문제를 진지하게 다뤄본 경험이 없다는 걸 안다
있을 수 없는 문제들은
너무 자주…… 아주 친숙한…… 모든 곳에서 발생한다

권력은 종종 무지를 신념으로 대체해 안전하게 살아남는다
　군사작전에나 어울릴 법한 저 신념은
　개량주의자들과 기회주의자들을 폭로하고
　적들을 상대할 때는 편리한 도구였을지 몰라도
　놀이와 춤이 집단적 협력이라는 걸 어색해했다
　난 희망에 대해 과신하는 그의 모습이 위험해 보였다

　사람도 운동도 낡는다
　낡아가는 것이 유독 서러운 것만은 아니다
　자신을 권력으로밖에 달리 표현할 수단이 없을 때
　낡은 것은 돌이킬 수 없이 낡은 것이 된다

　난 무엇보다도 저 사내의 진지함에 유머를 달아주고 싶었다
　한 번만이라도 밝게 웃는 모습을 보고 싶다는 나의 바람이

그에 대한 예의가 아닐까?

그의 혁명보다 그의 웃음이 더 혁명적인 날을 위해

난 멀어지는 그의 뒷모습에 손을 얹어주고 싶었다

이 싸움의 자리가 치유의 자리일지니

—박사랑 동지의 여성가족부 앞 농성투쟁을 지지하며

여성가족부 앞,

깔판을 깔고 거리에 앉아보면 안다

애써 외면하려 해도 마음은 자꾸만 사람들의 시선을 따라가고

다가오는 발소리 하나하나가 재난 경보처럼 얼마나 가슴을 뛰게 하는지

그것이 얼마나 사람을 지치게 하는지를

"인간의 자존심을 지키고 싶다"는 각오가

어떻게 끝내 거리를 베고 눕게 했는지를

현대자동차 경비들의 폭력 앞에서도 폭설처럼 타협하지 않았고

현대자동차 아산공장 앞 비정규직 조합원들의 핏빛으로 봄이 와도

그 핏빛마저 품고 봄의 봄으로 일어섰나니

언한 봄눈 같은 맨몸으로 일어섰나니

마음아 애타지 마라
서둘지도 마라

그녀가 베고 누운 이 거리는
매실 장아찌, 군밤, 주먹밥, 부침, 배 한 조각이 곁들여
진 밥상이기도 하다가
빙 둘러앉아 대안 생리대를 만드는 예쁜 천 같은 고운
공감의 뜨개질이기도 하다가
그녀와 함께 깔깔깔깔 웃어보는 밤샘 난장의 즐거운 놀
이이기도 했다

내가 할 수 있는 일이 고작 곁에 있어주는 거지만
곁은 그녀의 배춧속 같은 속울음에 살포시 기대어보는
공감의 시간
혹독한 내전을 거쳐온 그녀의 굳은살 박힌 손이
마침내 자신의 언어를 움켜쥐고 있다는 걸 피부로 느끼
는 연대의 시간

배춧속 같은 속울음에 뿌리내린 그녀의 굳은살 박힌 언어는

놀랍게도

생기발랄하고 수다스런 대화가 싹트는 작은 텃밭을 이루었다

싹트는 것은 새로운 비판적 사유였다

횡단 가능하지 않은 것은 없다

여성노동자와 여성주의가 뜨개질처럼 만나고 있었고

여성주의와 민주노조운동이 잡곡밥처럼 한 몸으로 어우러져 따뜻했다

마음아 애타지 마라

　　　　회의하지도 마라

이 싸움의 거리가 치유의 자리일지니

서로 꼭 쥔 손의 따뜻함으로

지금 우리는 충분히 행복할 자격이 있다

제
5
부

꽃피는 총

―1차 희망버스가 도달한 그 새벽의 노래와 춤을 기억함

총구에 꽃을 꽂아도 평화는 오지 않았다

비정규직과 정리해고자로 넘쳐나는 거리는 지독하게
도 평화였다

쌍용자동차 공장 뒤뜰에는 내전의 지층에서 자라는 이
름 없는 풀꽃이 피었다

해고통지서 같은 눈물이 말라갈 무렵

우리는 총구 같은 날들을 향해 행진을 시작했다

첫걸음 부근에서 이미 다른 삶이었다

특별할 것도 없이

우리의 행진은 서로를 죽어라고 닮아가는 일이었다

보폭을 맞추는 일은 때로 토론과 논쟁을 필요로 했지만

누구도 합의 과정을 포기하지 않았다

차이가 차별로 굳어지지 않도록 모두가 예민해졌다

우리의 행진은 대표자 없는 대표자운동이었다

위세를 허물어 찰흙 같은 협력에 이르렀을 때

우리는 비로소 웃을 수 있었다

; 웃음처럼 전복적인 힘이 또 있을까?

폴리스 라인 따위로 권위를 세우려 하다니!

이 시대착오적이고 우스꽝스러운 물건은 발로 걷어차버려라!

우리는 음악처럼 금지의 땅에 발을 디뎠다

생은 아주 간단하게도 돌이킬 수 없는 방향으로 흘렀다

머뭇거림도, 누가 먼저랄 것도 없이 사다리를 타고 자본의 벽을 넘었다

잡아주고 끌어준 손의 온기는 무장한 자본의 사병보다도 강했다

권위를 갖는 것들은 폐가처럼 중지됐고

닫힌 공간을 찢으며 생겨난 틈으로 한 번은 가보고 싶은 세상이 열렸다

대우조선 하청노동자 강병재 동지가 한진중공업지회 해고자 박성호 농지의 손을 잡았고

재능지부 유명자 동지는 한진중공업지회 해고자 이용
대 동지의 절규에 젖어들었다
신분제도의 위계질서를 횡단하는 몸짓들은 유연한 곡
선을 갖는 춤이었다
고등학생 사회주의자인 이동현 동지가 백기완 동지의
추상 같은 선동에 이끌릴 때
생은 맑은 고음 부분에서 만개한 노래였다
우리의 행진이 도달한 새벽은
노래와 춤이 아니고서는 달리 표현할 수 없는 빛나는 해
방구였고
노래와 춤으로 완성될 수밖에 없는 내전의 꽃이었다

지금 생이 아름다울 수 있는 건
정서적 공감이 풍부한 이행 시대를 살고 있다는 것이다
우리의 행진은 삶에서 시로 창작되었고
노래와 춤으로 끊임없이 변주됐으며
바람—꽃을 타고 공장과 사회로 범람하는 영속 혁명이다

마침내 우리는 자본주의의 내륙을 타고 봉기로 북상하
는 연분홍 진달래 군락,
　꽃피는 총이다
　의회제 없는 민주주의의 과녁을 겨냥하는 꽃피는 총이다

혁명의 내부
―박일수 열사 8주기에 부쳐

몸에 든 한기처럼 박일수 열사 8주기를 맞는다

아침 출근투쟁을 시작하면서 다시 자주색 투쟁조끼를 꺼내 입는다

색이 바래고 낡았다

이곳저곳 찢어져 박음질한 자리엔 저물어가는 비정규직투쟁의 아픈 기억이 스며들고

투쟁조끼의 "인간답게 살고 싶다"는 구호는 글씨를 알아볼 수 없을 정도로 낡았다

이렇게 낡아도 좋은 것이냐?

박일수 열사의 절규는 아직도 생생한데

이렇게 낡아도 좋단 말이냐?

현대중공업 하청노조 투쟁조끼를 입고 전국 투쟁 현장으로 달려갔다

집에 돌아와 자기 전에는 투쟁조끼를 벗지 않았다

이해남 열사가 분신한 자리에서 했던 다짐이었다

투쟁조끼를 입고 부끄럽지 않게 살고 투쟁하는 것이
내가 박일수 열사를 새롭게 사는 방법이었다

이렇게 낡아도 좋은 것이냐?
박일수 열사의 절규는 아직도 생생한데
이렇게 낡아도 좋단 말이냐?

절박하게 투쟁했으나
난 내가 적에게 겨눈 칼과 닮아가고 있다는 걸 생각도
하지 못했다
난 동지들에게 친절하지도 따뜻하지도 못했다
박일수 열사투쟁 이후 몇 년간 정신과 치료 받으며 투
병했던 동지에게
밥 굶어가며 하청노조 활동하다
끝내 결핵에 걸려 현대중공업을 떠나야 했던 동지에게
난 내 마음의 따뜻한 탕약 한 첩 달여주지도 못했다

다시 현대중공업에 취직하기 위해

내게 노조탈퇴서 도장을 받으러 온 조합원은

눈물을 글썽이며 미안하다고 했지만

그를 지켜주지 못한 내가 오히려 더 미안했다

서로 미안해하고 눈물 글썽이지 말자고 다짐했지만

8년을 블랙리스트에 걸려 조선사업장을 전전했던 한 조합원이

"폭탄을 끌어안고 현대중공업으로 뛰어들어 죽고 싶다"고 피눈물을 흘릴 때

내가 해줄 수 있는 일은 두 손을 오래도록 잡아주는 것이었다

미안한 마음은 깊어만 가는데

다시 투쟁하잔 이야기는 입 밖으로 나오지 않았다

연민이 깊어갈수록 이상하게도 투쟁조끼를 입는 것이 갈수록 힘들고 부담스러웠다

이렇게 낡아도 좋은 것이냐?

박일수 열사의 절규는 아직도 생생한데
이렇게 낡아도 좋단 말이냐?

민주노총은 정파운동으로 찌들고 활력은 대부분 고갈
됐다
다른 정파하고는 밥도 같이 먹지 않았고 심장은 서류
뭉치처럼 건조해졌다
오늘 민주노총 노동조합 관료들의 책상은 기후변화로
부터도 안전하고 공황의 그림자로부터도 자유롭다
이제 계급투쟁은 조합비 날리고 민주노총을 깨는 분열
행위로 규정되고
민주노총 중앙집행위원회는 백번의 싸움보다 한 명의
국회의원이 낫다고 선언했다
대공장 조합원들은 웃음이 사라졌고 세상에 대한 질문
도 멈췄다
저임금 불안정 비정규직 여성노동자들만이 비바람과
폭설을 견디며 아직까지도 거리에서 떨고 있었다

민주노총 의결기구에서 배제되고 고립된 투쟁사업장 노동자들은

비바람과 함께 흐르고 첫눈과 함께 모이고 있었다

아이들을 가르쳤던 몸으로 춤을 추고 있었다

기타를 만들 줄만 알았던 손으로 기타를 치며 노래를 부르고 있었다

자동차 부품을 만들던 기름때 묻은 손으로 시를 창작해 낭송하고 있었다

그들은 웃으면서 행진하고 있었고 행진하면서 웃고 있었다

보폭을 맞추며 서로 닮아가고 있었다

박일수 열사 8주기

이제 우리가 해야 할 일은 박일수 열사의 불의 언어를

물과 바람의 언어로 번역해내는 일이다

한 몸이지 않고서는 흐를 수 없는 물처럼

우리 스스로가 평등해지지 않고서는 결코 새로워질 수
없다

어느 한곳에 고정돼 굳어지지 않는 바람처럼

우리 스스로가 유영하는 비판의 몸이지 않고서는 단 한
걸음도 전진할 수 없다

새로워지는 것은 생명을 가진 여린 숨결들을 어느 것도
배제하지 않는 것이다

자본의 수탈이 진행되는 영토의 좀 더 낮은 곳으로 스
며드는 일이고

그곳에 있는 가난하고 눈물 많고 상처 깊은 이들의 손
을 힘껏 움켜쥐는 일이다

박일수 열사 8주기를 맞아 다시 자주색 투쟁조끼를 입
는다

투쟁조끼를 입은 내 모습은 더 이상 눈물 쪽에 가깝지
않다

눈물처럼 무겁고 너무 진지해 표정을 굳게 하지 않는다

난 화해할 수 없는 것들에 대해 더욱 단호한 태도를 취
할 것이지만
조금은 더 즐겁게 웃으면서 투쟁하고 싶다
자본주의의 수탈과 폭력 앞에서도
춤과 노래와 시와 함께 웃고 율동한다는 것
이것은 충분히 혁명의 내부라고 이야기해도 좋다

총탄처럼 살고 싶었다

― 전국현장노동자글쓰기모임 '해방글터', 김영철 시인에게

총신내역 태평백화점 앞에서

노점 하며 족발 팔아 딸 아들 시집 장가 보낸 김영철 형

님은

전국노동자대회 때마다 족발과 새우젓, 형수님의 해남

손맛이 밴 갓김치를 한 아름 싸옵니다

영철 형님은 족발과 갓김치를 싸면서

동지들이 족발처럼, 갓김치처럼 그리웠을 겁니다

족발 한 점에 갓김치 한 입,

맛나게 먹는 동지들이 보고 싶었을 겁니다

보고 싶은 사람이 없는 세상은 이미 쫑난 세상입니다

우리는 족발 먹으러 전국노동자대회에 갑니다

우리는 노점상이었고 건설노동자였으며 사내하청노동

자였고

이주노동자들과 함께하는 중소영세사업장노동자였습

니다

우리는 열사투쟁 속에서 머리띠를 묶었고
이주노동자투쟁과 비정규직 철폐투쟁 속에서 평등에
대한 예민한 감각을 키웠습니다

보고 싶은 사람들, 서로가 자랑스러웠던 사람들
전국노동자대회는 서로의 안부를 묻는 우리의 회합 장
소였습니다

열사투쟁이었고 비정규직 철폐투쟁이었을 전국노동자
대회장 한편에서
우리는 족발처럼 구수하고
갓김치처럼 쌉싸름한 향과 감칠맛 나는 그리움으로 만
났습니다

하루 종일 입안에 군침 돌게 하는 기가 막힌 맛의 공동
체였습니다
정으로 구성되고 그리움의 향기로 빚어진 인간의 공동

체였습니다

　이 투쟁의 거리에 둥글게 모여 앉아
　새우젓에 족발 한 점 찍어 갓김치에 싸 먹다 보면
　어느새 심장이 뜨거워지는 걸 느낍니다
　목울대를 넘어가는 건 마침내 사랑이었습니다
　사랑이 이어져 가는 방법은 별의 능선을 닮았습니다
　우리는 별의 능선에서 세상을 정조준하고 총탄처럼 살
고 싶었습니다

난 진달래가 만발한 시간에 미용실 '툴'에 간다

난 진달래가 만발한 시간에 미용실 '툴'에 간다

루 선생은 인기가수 이효리의 머리까지 손본 8년 차 헤어디자이너다

하지만 그녀의 미용실엔 의자가 하나만 있다

오직 한 사람을 위한 자리

스스로를 가꿔 아름답고 싶은

오직 그 한 사람을 위해

기꺼이 도구가 되겠다는 그녀

; 난 다수를 지도하려고만 했지

한 사람을 위한 자리를 마련해본 적이 있는가?

항상 스포츠머리에

현대중공업 작업복에 걸쳐 입은 하청노조 자주색 투쟁

조끼가 나의 패션이었다

적들은 노동사풍의 범죄자 스타일, 전문 시위꾼 리스트

에 날 포함시켰지만

난 전혀 어색하거나 불편하지 않았다

그렇게 삼십대를 열사투쟁과 비정규직투쟁의 거리에서 다 보냈다

머리를 기르고 파마를 하는 것은 참 어색한 일이었지만

루 선생은 한사코 날 격려해줬다

루 선생이 디자인한 볼륨매직은

내 표정을 한결 부드럽게 했다

사십 무렵이었다

부드러운 것은 노사협조주의라고 착각한 때가 있었다

열사투쟁으로 열린 비정규직투쟁, 난 직선의 시간을 소망했다

어떻게든 투쟁을 직선으로 끌어올리려 했지만

처음 투쟁에 나선 비정규직 조합원들이 감당하기에는 부담스러운 일이었다

부담스러운 것들은 순환 가능한 삶 쪽으로 열리지 않

았다
　난 전투적이었지만 가부장적이었고
　확고한 신념이 있었지만 한 사람의 이야기를 끝까지 들
어줄 힘이 없었다
　어쩌면 난 그들을 대신해 싸웠는지도 모른다
　뼈아픈 후회는 내장을 다 상하게 했다

　사십 무렵,
　스스로를 가꿔 아름다워지고 싶은 마음이 다행스럽고
　조금은 더 부드러워진 내 모습에 만족한다
　아름다워지지 않고서는 혁명적일 수가 없었다

　난 내장이 다 상한 이후에야
　한 사람의 자리를 마련할 줄 아는 그 마음을 배운다
　때맞춰
　스스로를 가꿔 아름다워지고 싶은 시간에 진달래가 만
발했다

난 오직 그 한 사람을 위한 자리, 미용실 '툴'에 간다

차이에 대하여

뭐,
차이가 뭐가 어때서
차이가 너를 불편하게 하니
차이가 온통 네 인생을 망쳐놓기라도 했다는 거니

"여성주의는 조직의 공인된 이데올로기가 아니므로 이
에 근거한 조직에 대한 비판은 중단되어야 한다"
"조직에 반대하는 토론을 금지한다"

비판의 자유를 축출한다고 해서
너의 표정은 조금이라도 개선되었니
없던 평화가 갑자기 도래했니
제발 지금이 철기시댄 줄 착각하지 마
비판을 억압하는 모든 행위는 부르주아 정치일 뿐
너의 강철주의는 모든 것을 엉망으로 만들어놓았어

귀 기울여봐

차이는 협력의 방법이야!

난 돌담처럼 어느 것도 배제하지 않고
발 디딜 틈 없이 들어찬 협력에 대해
저 강가 물푸레나무가 열어가는 비판의 광합성 작용에
대해 생각한다

이 세상의 다수파인 지리산의 바람과
경계의 시간 속에서 돌이킬 수 없는 삶의 개화로 흐르
는 섬진강과
비판의 자유를 물들이는 내장산 단풍과
풀꽃의 몸짓에 스며드는 봄빛의 행진이

너의 강철주의보다 백배는 더 치명적이고 혁명적이다

저 거대한 토론의 난장이
함께 부르는 몸의 노래가 들리지 않니

귀 기울여봐

차이는 협력의 방법이야!

이 거리에서,

네 삶의 중심에서

중력의 방향은 옆으로만 흐르기 시작했다

—윤주형 열사를 생각하며

그리고 중력의 방향은 옆으로만 흐르기 시작했다
가까이 있어도
흔적조차 느껴지지 않았던 사람들 사이를
더욱 강하게 끌어당기고 있었다

먼 곳에 있는 그대의 심장 소리를 듣는 것이
이번 생에서 제일 좋았다

서로를 끌어당기는 힘은
새로운 인간의 연대기인지도 모른다

태양계에서는 한 번도 일어나지 않았던 일이
손금처럼 사랑의 지층을 이루고
경쟁이라는 단어를 발음해본 적 없는 세대가
땅의 촉감을 먼저 느끼고 있었다

모든 사건은 온통 아름다움에 이르러서야 완성됐다

마침내 중력의 방향은 옆으로만 흐르기 시작했다

태풍의 중심

3차 희망버스가 마지막 취재기사였다
울산노동뉴스 기자 생활을 그만두고
가족과 함께 추자도로 여름휴가를 떠났다

1. 생계형 막기자

마르크스와 레닌은 확실히 혁명의 종군기자였지만
난 생계형 막기자였다

난 레닌의 직업적 혁명가 조직론에 청춘을 다 바쳤지만
혁명의 시간을 앞서서 실행하는 조직은 건설되지 않았
고 혁명은 직업이 되지 못했다

혁명이 비어 있는 중심에 세워지는 평등이라면
내 비합 사회주의 활동은 반혁명의 지루한 날들이었다
난 동지를 잃고 아내를 얻었지만

더욱 뻔뻔하게도 아내의 희생에 전적으로 의지해왔다
어떤 희생 위에 유지되는 것들은 전망이 되지 못했다
자본주의는 오늘도 안전했다

활동을 하면서도 생계를 유지할 수 있는 수단이
울산노동뉴스 기자였다
편집장은 생계가 목적이라면 함께 일 못 한다고 했으나
내게 생계는 전망의 문제였다

함께 고생했던
미디어충청 정재은 기자와 참세상 김용욱 기자에겐 더
욱 미안한 이야기지만
  난 애초 기자 정신이라고는 코빼기도 없었던 생계형 막
기자였다
  (쌍용자동차 공장점거파업과 현대자동차비정규직 공
장점거파업을 잠입 취재한 정재은 기자와 김용욱 기자는
내가 아는 한 기자 정신에 가장 어울리는 사람이었고 자

신의 일에 자부심을 느끼고 있었다)

　그래도 이 생계형 막기자 생활이
　해고 7년……,
　그늘진 아내의 눈가에 웃음을 안겨줬고
　아들 문성이 선물도 사주었다
　이걸로 족하다

　세상은 상징이 아니라 땀으로 살아내는 거다

2. 희망버스

3차 희망버스는 어떤 경계 위에 위태롭게 서 있는 것처
럼 보였다
　부산역에서도, 청학동에서도, 한진 R&D센터 앞에서도
　희망버스 참가자들 자신의 이야기는 가려졌고

국회의원들과 제도 정당의 발언만이 도드라졌다
정리해고 없는 세상, 비정규직 없는 세상이
부르주아 민주주의를 통해서 가능하다고 믿는 건
분명 시대착오적이었다

85크레인 아래에서 태어났던
배제된 자들의 자유롭고 평등한 연합운동을
난 알고 있다
위계도, 성별도, 연령도, 인종도, 국적도 갖지 않았던
무차별 집단 율동인 그 모습을 보고
김진숙 동지는 한 번은 가보고 싶은 세상이라고 말했다
저 소박한 밥상 같은 인간에 대한 단심이 빚어낸
한 번도 밟아본 적 없는 바람의 내륙이었다
단절과 벅차오르는 예감 사이로
대의제도 자체가 시대착오적인 시간이 오고 있었다

3. 태풍 무이파의 능선을 타고 내 몸에 찾아든 민들레 씨앗 하나

태풍 무이파 때문에 추자도에 일주일 가까이 고립됐다
고립……
난 내가 속하거나 혹은 삶을 지탱해왔던 어떤 경향과의
단절에 만족하고 있었다
소리내지는 않았지만 태풍 무이파를 기다리고 있었다

태풍 무이파는 내 뚱뚱한 삶의 낡은 퇴적층들을
2센티미터 들어 올리는 힘으로 다가왔다
태풍 무이파의 내부를 오래도록 걸었다
신경세포 하나까지 짜릿짜릿했다
모든 사물은 사건이 임박한 쪽으로 바싹 당겨져 있었고
더더구나 혼란스러웠다
난 이 혼란스럽고 임박한 사건의 시간이 결코 두렵지
않았다

오히려 그곳에서 사랑하는 것들의 이름을 온몸으로 불렀다
내가 보고 싶은 건 비어 있어서 더욱 무성한 사랑이었다
비어 있어서 더욱 무성한 사랑,
난 태풍의 중심에서 다시 태어나고 싶었다

태풍 무이파가 지나간 자리
민들레 씨앗 하나 내 몸에 찾아들었다

저 민들레 씨앗은 태풍의 중심에서 태어났을 것이다
지난밤, 태풍 무이파의 능선을 타고
이 세계의 낡은 퇴적층들을 갈아엎으며 이곳에 도착했을 것이다

내 뚱뚱한 몸도 씨 뿌릴 자리라고 찾아온
민들레 씨앗에게 고맙다
민들레 씨앗을 품은 내 몸은

전생을 다해 무성한 태풍의 중심을 잉태할 것이다

혁명 주체로 거듭난 혁명시인 조성웅

오세철 배우노동자

1.

내가 발문을 쓸 자격이 있는가를 생각해보았다. 나는 예술과 문학에 관련된 이론서들을 깊이 있게 독해하고 스스로 나름대로의 이론과 평론 체계를 세우고 있는 전문 평론가가 아니다. 대학 시절 습작으로 단편소설을 끄적여본 경험, 사회주의운동을 하면서 접했던 사상가와 혁명가들의 예술에 대한 몇몇 글들, 그리고 나름대로 예술가적 기질이 있다고 내세우고 싶은 욕망이 내가 가진 전부이다. 그런데도 조성웅은 내게 발문 쓰기를 강권했다. 결국 우리가 동지라는 사실, 그가 살아온 삶과 혁명적 실천을 지켜보았던 사람 중의 한 사람이 나이기 때문에 즐거운 마음으로 이 글을 쓰기로 했다.

2012년 11월 17일, 내 나이 고희 때 열린 출판기념회에서 조성웅은 이 시집의 초고를 들고 나와 두 편의 시를 낭독했다. 두 편의 시는 나와 관련된 시인데 한 편은 발문을 시작하는 의미로, 다른 한 편(「개량주의자들에 대한 첫 번째 포고」)은 발문을 마무리하는 시로 택했다.

용산 철거민 희생자 추모 6차 범국민대회
가두투쟁이 한창 진행되고 있었다

(중략)

그 맨 앞줄에 사회주의노동자연합 운영위원장인 육십대의 노혁명가 오세철 동지가 보이고

그 옆에는 편집위원장인 오십대 양효식 동지가 보였다

; 우리 운동은 너무 늙은 것 아니냐?

난 구력 있는 혁명가들에 대한 존경보다는 너무 늙은 우리 운동의 '세대'가 더 걱정되고 위험해 보였다

(중략)

용산 철거민 희생자 추모 6차 범국민대회

가두투쟁의 맨 앞자리에

젊은 혁명가 오세철 동지가 단아한 모습으로 서 있다

난 혁명가의 모습이 저렇게 단아할 수 있다는 게 참 다행이라 생각했다

비판에 어울리는 모습을 한 그에게

난 〈인터내셔널가(歌)〉를 불러주고 싶었다

지금 거리엔 새잎이, 새로운 감성이 자라고

난 좀 어색하긴 하지만 이들과 잘 어울리고 있다

거리에서, 그 즐거운 토론 속에서

그리운 것들을 오래도록 품으면 빛나는 전망이 된다

　　―「그리운 것들을 오래도록 품으면 빛나는 전망이 된다」 부분

이 시에는 조성웅의 혁명 세상과 혁명시의 세계가 잘 담겨 있다. 그는 나를 "젊은 혁명가 오세철 동지"로 부르면서 너무 늙고 굳어버린 사회주의운동 '세대'를 걱정한다. 낡은 운동과 사회주의자들에 대한 이런 그의 비판은 자기반성과 자기비판으로 이어지면서, 새로운 운동과 새로운 혁명주체의 상과 미래가 어떻게 빛나는 전망이 될 수 있는지 잔잔하고 호소력 있게 보여주고 있다.

2.

이번 시집에서 조성웅의 시는 2007년부터 2012년 11월 까지의 일들을 다루고 있지만, 이중 주목해야 할 것은 2008년 노해투사('노동해방을 위해 투쟁하는 사회주의자 일동'의 약칭)의 성폭력 사건을 다룬 시(「금지 위에 세워진 정치적 신념은 반혁명이었다」)다. 그는 이 시를 통해 사건의 비상대책위원장을 맡아 해결해나가면서 혁명주체로 거듭나는 모습을 보인다. 물론 이런 그의 노력은 현재도 진행 중이다. 그는 이 시뿐 아니라 전체 시집을 통해 지금의 모습이 아닌 예전의 젊은 혁명시인의 모습으로 '빛나는 전망'을 열어가고 있다.

이런 어려운 상황들이 있었음에도 그의 시는 여전히 투

쟁 현장과 투쟁하는 동지를 떠나지 않고 있다. 어떻게 보면 그의 시는 노동자투쟁의 역사이기도 한 셈이다. 시 상당 부분에는 부제가 달려 있는데, 이를 열거하는 것도 역사를 되살려 혁명의 투혼을 일으키는 우리의 몫이다. 「효정재활병원 연대집회장에서」, 「현대자동차비정규직지회 임유선 동지에게」, 「금속노조 부산정관지회 조합원 배순덕 동지에게」, 「2006년 4월 26일 삼성SDI 규탄 울산노동자 결의대회에서」, 「전국학습지노조 재능지부 유명자 동지를 생각하며」, 「류기혁 열사 5주기에 부쳐」, 「현대미포조선노조 조합원 이홍우 동지를 기억함」, 「현대자동차비정규직 공장점거파업 25일」, 「2009년 5월 16일 고 박종태 열사 정신 계승 전국노동자대회」, 「울산대학병원 영안실에서 보낸 120일」, 「철탑 고공농성을 하고 있는 의봉이, 병승이에게」, 「2009년 9월 11일 민주노총 임시대의원대회장에서」, 「박사랑 동지의 여성가족부 앞 농성투쟁을 지지하며」, 「박일수 열사 8주기에 부쳐」, 「전국현장 글쓰기모임 '해방글터', 김영철 시인에게」 등의 부제를 보면 투쟁하는 혁명시인 조성웅의 진솔한 모습이 잘 드러나고 있다.

3.

　한 혁명조직 내부에서 일어난 성폭력 문제를 해결해가면서 조성웅의 숙고와 반성은 더 깊어졌다. 이를 통해 그의 시는 혁명적 사회주의운동에 내재하는 권위주의, 관료주의, 파시즘 그리고 심지어 반혁명성이라는 근원적 본질에 다가가, 그 내재적 한계를 뿌리부터 비판하게 된다. 그러면서 새로운 혁명운동을 여는 언어가 그의 혁명시를 감싼다. 그것은 「흐른다는 건」이라는 시에서 잘 드러난다.

　　흐르는 것들은 이끼가 슬지 않는 속도를 갖췄다
　　흐르는 것들은 직선처럼 위험하지 않고
　　둥글게 마주 앉은 부드러운 선들의 탄력을 갖췄다
　　탄압에 쉽게 부러지지 않는다
　　더 이상 쓰레기처럼 살지 않겠다는 물결이
　　파고를 이루고 이어가며
　　흐른다는 건 무엇과도 바꿀 수 없는 자기 결정의 시간이다
　　흐른다는 건 수초처럼 무성한 대화의 시간이다
　　흐른다는 건 펑퍼짐한 몸짓들이 서로를 품고 이해하는 협력의 시간이다

—「흐른다는 건」 부분

　이는 철의 규율로 미화되었던 경직된 혁명조직운동에 대한 통렬한 비판으로 나아간다. 각종 스탈린주의 아류들이 보여주었던, 혁명주체의 계급의식과 창발성의 수평적 연대운동을 말라 죽게 하는 역사를 거꾸로 뒤집어 바로 잡으려는 '희망'으로 이어진다.

　　내가 속했던 한 조직의 혁명정당 건설운동은

　　한심한 지령이었고 뚱뚱한 위계였으며

　　오류투성이의 무오류였고 고철처럼 딱딱하게 녹슨 규율이

　었다

　　　—「목숨은 걸 수 있어도 왜 혁명은 꿈꾸지 못하는가」 각주시 부분

　　지금 내게 필요한 것은

　　새로운 인간의 시간이 태어나는 장소에 때늦지 않게 도착

　하는 감각이다

　　내가 먼저 손 내밀어 손금을 통해 대화하는 시간 속에

　　다른 삶으로의 이행기가 있다

　　그대 삶에 새겨진 따뜻한 언어를 안아보는

　　심장과 심장의 포옹 속에

두근두근

다른 삶으로의 이행기가 있다

— 「목숨은 걸 수 있어도 왜 혁명은 꿈꾸지 못하는가」 부분

마침내 비상은 장독대처럼 상처를 오래도록 품어 빚어낸
웃음의 광장일 겁니다

(중략)

개인에서 집단적인 몸으로 비상하면서

우리는 정서적 색감이 풍부한 거대한 협력을 만들어냈습
니다

단 한 건의 소통 장애도 발생하지 않은 이 거대한 협력은
마디 하나 없는 유려한 춤이 되고

이곳에서 우애와 연대로 충만한 음계가 태어났습니다

하나 같이 독특하고 매력적인 개성입니다

집단적인 몸의 노래, 우리들의 코뮌입니다

— 「비상」 부분

가창오리 떼의 비상을 보고 자유로운 개인이 연합하는
코뮌을 이야기하는 조성웅의 상상력은 한 걸음 더 나아
가 "식물성 투쟁의지"로 모아진다. 한진중공업 김진숙
동지의 85크레인 고공농성 100일에 부쳐 2011년 4월 15

일에 쓴 그의 시는 동물세계가 아닌 식물세계에서 혁명운동의 미래를 발견한다. 이것이야말로 그의 혁명시 세계를 이해하는 지름길이다.

"저는 오늘 100일 기념으로 상추와 치커리와 방울토마토와 딸기를 심었습니다"

85크레인 아래에서 조용히 귀 기울인다
강철 위에
씨 뿌리고 뿌리내려 온갖 식물들이 자랄 수 있는 텃밭을 가꾸었다니!
인간에 대한 예의와 존중, 정성을 다하면
세상의 모든 강철 같은 경계가 허물어져
부드러운 흙의 마음으로 다시 태어날 수 있다는 이 놀라운 가능성!

인간을 향한 광합성 작용,
김진숙 동지의 식물성 투쟁의지는
사랑이 오를 수 있는 거대한 씨앗이다
(중략)
높낮이도 앞뒤도 없다

토론과 결정, 집행의 영속적인 자기결정운동이 있을 뿐

누구도 대신할 수 없는 혁명의 날이 온다

(중략)

김진숙 동지의 텃밭은

이윤보다 풍요롭고 경쟁보다 무성한 비판의 뿌리를 키우

고 있었다

어린뿌리들이

스스로 손을 들어 발언하고 위계 없이 어깨 걸고 자라고 있

었다

난 강철조차 품는 어린뿌리의 힘을 믿는다

— 「식물성 투쟁의지」 부분

조성웅의 반성은 자신과 혁명운동에만 그치지 않는다. 그의 아내에게 바치는 시에서도 가부장적 반혁명성에 대한 깊은 반성이 묻어난다.

(왜 그토록 뛰어났던 수많은 여성 활동가들은 운동으로부터 추방되었는가?

꽃잎 옆은 항상 위험하고 꽃향기는 평등을 향해 자라지 않았다

위 여사의 가사노동과 육아노동, 생계노동 위에 세워진 나

의 운동은 본질적으로 반혁명을 닮아 있었다)

―「사랑도 깊으면 한이 된다」 부분

그러면서도 다시 조성웅은 진정한 프롤레타리아 민주주의가 무수한 차이들의 협력으로 직접 이루어지는 코뮤니즘임을 확인하고 있다.

조직은 계급투쟁의 무기가 아니라 하나의 종교가 됐다
교류하고 논쟁하고 검증받지 못한 신념은 너무 쉽게 종교가 된다

노해투사의 정치적 신념은 벽처럼 확고했으나 피해자에겐 짐승 같은 것이었다
프롤레타리아 독재를 꿈꾸는 혁명적 열정도 권력에 이르자 순식간에 낡았다
(중략)
금지 위에 세워진 정치적 신념은 반혁명이다

―「금지 위에 세워진 정치적 신념은 반혁명이다」 부분

하지만 난 통일을 위해 차이를 희생시켜왔고 차이를 견디지 못했다 축출과 분리가 활력 있는 정치생활이라 믿었으나

이행의 삶과 조금도 닮지 않았다

　(중략)

　차이는 지리산의 샘물 같은 것이다 참 맑고 투명한 동력,
내가 원했던 것은 샘물처럼 그렇게 빈틈없이 평등한 것이다

　대의제도가 평등을 대표하고 혁명적인 때는 이미 지나갔
다 별빛들은 무수한 차이들의 협력으로 스스로 빛날 뿐 누구
도 대의하지 않는다

　　　　　　　— 「무수한 차이로 이뤄진 당신을 품을 자리」 부분

4.

　조성웅이 혁명주체로 거듭나기 위해 혁명이나 이행이
나 조직 등 거대담론에 대한 깊은 성찰과 반성만 하는 것
은 아니다. 그것은 자연의 아주 작은 부분과 몸짓, 변화뿐
만 아니라 인간에 대한 폭넓은 사랑과 정, 배려에 대한 그
의 감동과 함께 어우러지고 있다. 새잎을 보고, 만두를 만
들면서, 일찍 세상을 떠난 동지의 품을 그리면서, 머리를
꾸미는 미용실에 가면서 혁명을 이루어가는 주체 형성
과정을 잔잔하게 보여주고 있다.

새잎 났네

아주 단아하게

어제도 없었고 방금 전에도 없었던

새잎 났네

별 볼 일 없고 새로울 것도 없는 세상에

혁명처럼

지금 이곳에

새잎 났네

— 「새잎 났네」 전문

마음이 가는 일은 손이 많이 가는 일이다

난 만두를 한입 가득 넣고 맛있게 먹는 동지들이 보고 싶었다

그 희망의 따뜻한 속살을 오래도록 만지고 싶었다

오래도록 정성을 들이면 만져지는 것이 있다

– 「오래도록 정성을 들이면 만져지는 것이 있다」 부분

인간에 대한 친절한 배려 박현정 동지

그대의 밝고 따뜻한 웃음은

좌우를 훌쩍 뛰어 넘어 새로운 지평으로 열린 대지였습니다

가장 먼저 조용히 손을 뻗었습니다

동지들 삶의 아픈 곳 구석구석

어느 것 하나 놓치지 않았습니다

아프도록 둥근 몸으로 그대, 인간의 봄이었습니다

다시 사람들을 불러 모으고 대화의 싹을 틔웠습니다

봄 산, 봄 들처럼 모든 것들을 품어 꽃피게 했습니다

— 「인간에 대한 친절한 배려」 부분

어린 짐승의 착하고 슬픈 눈빛 같은 날에

열정과 남루 사이에서 지독하게 앓았다

지독하게 앓고 나서야

내 몸이

한 시기와 단절하고 있다는 걸 느낄 수 있었다

지도는 없었다

어린 짐승의 착하고 슬픈 눈빛 같은 날에

어린 짐승의 착하고 슬픈 눈빛 같은 날에

이미 낡은 자만이 살아남았다

지독하게 앓은 몸은 온통 질문이 되고
길은 자신을 이루는 아픔으로부터 멀지 않았다

첫걸음이 정상에 오른다고 생각했으나
난 사람의 마당을 천천히 걸으면서
다시 평등에 대해 물었다

어린 짐승의 착하고 슬픈 눈빛 같은 날이었다
　　　　　　— 「어린 짐승의 착하고 슬픈 눈빛 같은 날」 전문

부드러운 것은 노사협조주의라고 착각한 때가 있었다
　열사투쟁으로 열린 비정규직투쟁, 난 직선의 시간을 소망
했다
　어떻게든 투쟁을 직선으로 끌어올리려 했지만
　처음 투쟁에 나선 비정규직 조합원들이 감당하기에는 부
담스러운 일이었다
　부담스러운 것들은 순환 가능한 삶 쪽으로 열리지 않았다
　난 전투적이었지만 가부장적이었고

확고한 신념이 있었지만 한 사람의 이야기를 끝까지 들어
줄 힘이 없었다
어쩌면 난 그들을 대신해 싸웠는지도 모른다
뼈아픈 후회는 내장을 다 상하게 했다

사십 무렵,
스스로를 가꿔 아름다워지고 싶은 마음이 다행스럽고
조금은 더 부드러워진 내 모습에 만족한다
아름다워지지 않고서는 혁명적일 수가 없었다

난 내장이 다 상한 이후에야
한 사람의 자리를 마련할 줄 아는 그 마음을 배운다
때맞춰
스스로를 가꿔 아름다워지고 싶은 시간에 진달래가 만발
했다
난 오직 그 한 사람을 위한 자리, 미용실 '툴'에 간다
— 「난 진달래가 만발한 시간에 미용실 '툴'에 간다」 부분

5.

아직 완전하게 거듭난 것은 아니지만 조성웅은 수년 동

안의 고통스러운 산고를 견뎌내면서 힘차게 혁명을 향한 발걸음을 내딛는다. 2012년 2월 14일 박일수 열사 8주기에 부친 그의 시 「혁명의 내부」와 2012년 민주노총 전국노동자대회에 부친 「개량주의자들에 대한 첫 번째 포고」에서 그는 혁명적 정세와 혁명적 주체가 변증법적으로 만나는 진지하고 단호한 혁명시인의 사자후를 터뜨린다. 조성웅의 시는 이제 시작이다. 세계혁명을 향한 전 세계 프롤레타리아트(무산계급)의 포효가 다시 시작하듯이.

　박일수 열사 8주기

　이제 우리가 해야 할 일들은 박일수 열사의 불의 언어를

　물과 바람의 언어로 번역해내는 일이다

　한 몸이지 않고서는 흐를 수 없는 물처럼

　우리 스스로가 평등해지지 않고서는 결코 새로워질 수 없다

　어느 한곳에 고정돼 굳어지지 않는 바람처럼

　우리 스스로가 유영하는 비판의 몸이지 않고서는 단 한 걸음도 전진할 수 없다

　새로워지는 것은 생명을 가진 여린 숨결들을 어느 것도 배제하지 않는 것이다

　자본의 수탈이 진행되는 영토의 좀더 낮은 곳으로 스며드는 일이고

그곳에 있는 가난하고 눈물 많고 상처 깊은 이들의 손을 힘껏 움켜쥐는 일이다

— 「혁명의 내부」 부분

더 이상 날 동지라 부르지 마라

민주노총 소속 같은 조합원이라고 하더라도

투쟁 현장에서 몇 번 구호를 함께 외쳤다고 하더라도

나는 너와 뜻을 함께 하는 동지가 아니다

(중략)

2012년 11월 11일, 자본가들을 만나고 악수하고 반갑게 협력하는 것이

확고한 정치적 신념인 너는

2012년 11월 11일, 밥 처먹고 허구한 날 교섭하고 중재하고 타협하고

굴종을 강요하는 것이 하는 일의 전부인 너는

2012년 11월 11일, 고작 부르주아 야당이 돼보겠다고

저요…… 저요 부르주아 선거제도에 목매다는 너는

노동자계급이 아니다

자본가계급이 노동운동 내부로 파견한 자들,

자본가계급의 마름이다

내게 다가와 반갑게 웃으며 악수하려 하지 마라

난 너의 적이다

난 나의 권리를 대의하겠다고 나선 자들을 믿지 않는다

난 너와 바리케이드를 앞에 두고 마주 설 것이다

—「개량주의자들에 대한 첫 번째 포고」 부분